BEKOKÓ
© Keren Turmo Biebeda
Diseño de portada: Dpto. de Diseño Gráfico Exlibric

Iª edición

© ExLibric, 2026.

Editado por: ExLibric
c/ Cueva de Viera, 2, Local 3
Centro Negocios CADI
29200 Antequera (Málaga)
Teléfono: 952 70 60 04
Fax: 952 84 55 03
Correo electrónico: exlibric@exlibric.com
Internet: www.exlibric.com

ISBN: 979-13-88079-99-3
Depósito Legal: MA 337-2026

Impresión: PODiPrint
Impreso en Andalucía – España

Nota de la editorial: ExLibric pertenece a Innovación y Cualificación S. L.

KEREN TURMO BIEBEDA

BEKOKÓ

ExLibric
ANTEQUERA 2026

Una vez más, otro día más. Nada es lo que parece, ni nada es lo que parece que esté ocurriendo. Las urgencias de la vida, las de otro tiempo, o la melancolía me llevan a contar lo que Bekokó y Bisi han estado hablando. Yo soy la mera espectadora del grupo.

—Ve y trae agua. A las tres estará tu padre en casa y tenemos que comer. Luego debemos limpiar y cocinar. Voy al mercado a vender. Cuida de tus hermanos menores, no me hagas penar por los momentos en los que estoy…

Bekokó asintió. De un respingo, se levantó e hizo el ritual de siempre: lavarse la cara, lavarse los dientes y acomodarse el cabello después de haberlo desenredado y nutrido con cremas; para vestirse, coger la palangana e irse a lo que le habían encomendado.

Para el barrio era una chica más que iba hasta el pozo para traer agua y que se tiraba casi más de medio día para llevar a cabo las tareas de la mañana.

Caminar es vida, caminar es tierra, caminar es oxígeno, y si puedes hablar con Bisi de lo que ocurre en el barrio, como los amores de Sibina, que tenía a los más jóvenes enloquecidos de amor, hasta se decía que a los mayores también los tenía enloquecidos.

Bokokó era guapa, alta, con curvas y educada. Para algunas mujeres aquello era fruto del diablo endemoniado que quería hacer ir a sus maridos en busca de lo que ya se sabe.

—Caminar todos los días hasta el pozo y preparar todo para que nuestros padres puedan faenar y vivir acorde a lo que quieren de nosotras. ¡Hum! ¿Hay un amor que no sea recíproco, sino el vernos cumplir nuestras funciones? —contaba Bisi…

—No sé, yo estoy deseando que llegue ya la fiesta de Sibina para comer vitalif y yuca, además de bailar. El barrio entero no habla de otra cosa. —Le dio un codazo a Bekokó para guiar su mirada hacia ella y añadió—: Se comenta que Sibina está embarazada, y Dios sabe que era de esperar. Pero… ¿madre soltera?

—Siempre pensando en comida. ¿Qué más da? Sea cierto o no, es una bendición. A lo mejor, por fin se acallan las voces del diablo y por fin puede ser quien ella quiera. Yo también quiero ir a la fiesta de Sabina y bailar… y…

—Sí, ya, quieres ver a ese chico que nada de bueno tiene y que espero no tengas nada con él. Venga, camina… tenemos que hacer lo propio. ¡¡¡Vamos, vamos!!!

Lo propio sería recoger agua y hacer las tareas de casa. Quien soy yo para negar aquella organización que desde tiempos inmemoriales se había seguido y se había promulgado para la buena disposición de una familia. Las mujeres son las que llevan los pantalones habría dicho Boy y yo, por que por lo general observo y no digo nada. No querría yo contradecirle o darle un motivo para que pudiera creer que puede hacer lo que le dé la gana a una mujer. Somos una sociedad matriarcal y eso es de ley.

La vuelta fue más pesarosa, con los cubos en la cabeza, el sol explicando que hay que cocinar y mostrando nuestra diminuta sombra para las edades que teníamos. Era mediodía y como siempre nos despedíamos hasta por tarde o por noche.

Bekokó tuvo contenta a su madre, que estuvo vociferando, conversando y cantando en el mercado los productos que vendía. Con todo a hombros, había vendido menos de lo habitual. Le dolía todo el cuerpo, le dolían los pies, la espalda y si le preguntabas a *Mamá, ¡oh!*, hasta el alma.

Bekokó, entonces le servía la comida y le preparaba el baño. Luego le hacía un masaje en los pies, con todo el amor que le profesaba y se marchaba a estudiar.

Quién viera a Bekokó, vería a una muchacha obediente que se ocupaba de las labores de la familia y encima era aplicada en los estudios. A esas horas de la tarde, había limpiado de cabo a rabo toda la casa, duchado y vestido a los más pequeños para ir a la escuela, los había acompañado hasta medio camino del lugar y luego había preparado un delicioso manjar en el que no podían faltar ni malanga ni arroz. A su madre le gustaba el picante así que era indispensable. Con el cansancio en el cuerpo de todos los días, tocaba concentrarse en la obligación de estudiar. Pero, ¿qué otras opciones tenían si sueño era irse a vivir fuera de África para ser maestra? Tenía que hincar codos y, sobre todo, sacar buenas notas. Su otra pasión era ser comunicadora digital, le encantaba contar las cosas que ocurrían en el barrio. Había descubierto, no hacía mucho, el poder de la poesía, pero de eso hablaremos más detenidamente en líneas venideras.

Bekokó llevaba una libretita en su minibolsa para anotar todo cuanto había a su alrededor. A veces solo eran palabras, otras veces solo comentarios de la gente, y muchas otras historias que según Bisi, no tenían sentido.

Su madre, que la miraba detenidamente mientras comía juntas, alguna vez la había amenazado con que le tiraría esa libreta si no comía tranquila y dejaba de anotar «cosas». Pues la hora de comer, es la hora de comer. Pero en casa ya la llamaban «la pequeña escritora-coco» para qué iba a fingir que no tenía ganas de hacer aquello que la impulsaba cada mañana a levantarse y a seguir estudiando, no tenía sentido. Una tiene que hacer aquello que le gusta.

Los viernes

Era viernes, cierto era que en las peluquerías se cocía todo sobre lo que ocurría dentro y fuera de la capital. Ahora era el turno de aquella pequeña curiosa averiguar qué estaba pasando, qué se hablaba y qué estaba de moda. ¡Para sus adentros siempre pensaba que aquello era mucho mejor, incluso que la telenovela de *Mamá, oh!* Después de su acicalamiento, con unas trenzas, y comprarse unos «rompemuelas», que al final acababa guardando para sus hermanos menores, anduvo hasta la primera avenida y ahí lo vio. Un chico rimando frases, haciendo delicioso el habla, con tintes reivindicativos sobre porqué esto, porqué aquello, parecía un inconformista. Llamaba su atención, la suya y la todos cuantos se habían arremolinado en forma de corrillo para escuchar.

Aquello, era poesía y, por ese motivo, cuando el chico Destroy había propuesto que hicieran lo mismo, escribir y recitar, a sus pies halló un cartel que rezaba: «*Slam jam poetry*: lo que nos mueve el corazón rabioso». Ella se apuntó. Daban formaciones para principiantes, cosa que la animó más si cabe, porque podría aprender algo nuevo.

Era viernes, sí, se podía permitir no hacer demasiado si su madre le daba permiso. Aunque aquello era como una armonía del «yo te doy y tú me das; yo te rasco la espalda si tú me la rascas a mí». Miedo tenía, *Mamá, ¡oh!* de que volviera con un bombo. Entonces, se preguntaba si había llegado el momento de tener una charla, la charla. Le preocupaba que pasara tantas horas con aquel chico tan guapo, pero a la vez, que una madre sabía que nada bueno podría traer. Era presumido, no le interesaba nada ni nadie y se comentaban cosas. Cosas que una madre no quiere para su hija, su pequeña, siempre sería la niña de sus ojos… ¡Un padre que ya no está es el pecado a los miedos que Mamá, oh, ya anticipaba! Bekokó, su única hija. Había que pasar a la acción.

Bekokó había bautizado los viernes como el día de la poesía. Ella iba a las formaciones de arte que impartía el propio Destroy y había arrastrado a sus amigas de la infancia a ir para pasar un rato diferente, hacer cosas nuevas, mezclarse con otras gentes que no eran las de siempre, que no hablaban de lo mismo que ellas. Vamos, gente un poco más adulta.

—Os preguntaréis por qué me llaman Destroy, no es por otra razón que por destrozar la calma de los versos. Uno de mis versos se llamaba «Destroy» y en ellos hablaba de mi genio, mi malhumorado estado, mi destrozo con la vida, la melancolía y hasta la tristeza. Creo que ahí descubrí una nueva manera de canalizar las emociones… —La voz se ahogó con los aplausos de sus compañeros mientras hablaba y hablaba. Las asistentas, que en su mayoría eran chicas, suspiraban al unísono y le pedían que, una vez que acabara de hablar, les firmara algunos de sus versos más populares.

—¡Vámonos! —sentenció Bekokó.

—Pero si ha sido idea tuya venir hasta aquí. —Parpadeó Bisi, pidiendo clemencia porque no quería cuidar de sus hermanos al volver a casa—. Creo que hay una pica al acabar… —Pero Bekokó la agarró del vestido y se marcharon de allí.

Algo le decía que no había sido buena idea ir allí. La urgencia de conocer y ver que todas… bueno. Ella no lo iba a reconocer, en cambio Bisi y yo estaríamos una vez de acuerdo tras las semanas posteriores en que estaba enamorada al ver sus versos.

La quisimos convencer de que estudiara poesía, que no estaba todo perdido. «boy» la miraba curioso y fastidiado al mismo tiempo. No sabíamos muy bien si aquello era desamor o qué.

Bekokó comenzó a salir sola los viernes. Ya no avisaba a sus amigas, ya no quería contar «sus cosas», escribía vertiginosa y apresuradamente, lloraba y al mismo tiempo reía de pronto. Había comenzado a suspirar, desde que Destroy comenzó a tocar a su puerta para animarla a escribir, versar... y en vez de verlo como una oportunidad, Bisi y yo sabíamos que era porque era un caprichoso, y ella, pobrecita de ella, lo intuía, pero no se daba cuenta; tal vez, lo sabía muy a su pesar, pero no lo iba a reconocer.

Comenzaron a ir al cine juntos, a ver películas antiguas de un tal cineasta americano que había colaborado con españoles. Ella comenzó a fantasear con ir a España, comer comida de España, hablar cómo los españoles, actuar cómo los españoles, ganar dinero del modo en el que ellos lo hacían, tal era su fijación que hasta leía a poetas españoles. Su madre no estaba tan segura de que fuera la poesía lo que la tenía en una ensoñación tan desmedida.

Tal era la fijación de Bekokó, que para fin de curso le preguntó ansiosa si podía irse de viaje con Bisi y «moi» a Barcelona. Estuvo hablando y contando anécdotas de la localidad española durante todo el monzón, todas las noches y hasta todas las mañanas; nosotras íbamos a verla a su casa, pero se había convertido en alguien diferente. Había algo en ella que no podíamos captar.

Tras mucho pensarlo, la Mamá, ¡oh! hizo un gran esfuerzo que la llevó a ser la madre más guay, ya que la dejó viajar a España. Pero lo que no sabían era que España traería de vuelta a una Bekokó distinta.

—¡Suelo español! ¡Por fin!

—De verdad, haces honor a tu nombre… eres una mecha —dijo somnolienta Bisi.

—No vas a decir nada Beka, tú siempre tan callada… —Pero si todo lo había dicho Bisi.

—Ya verás cómo lo pasamos superbién —espetó Destroy al mismo tiempo que la apretaba hacía ella y le apostillaba un beso en la mejilla… Sabíamos que aquello no iba a acabar nada bien.

Nos habían proporcionado la oportunidad de estudiar en España, ayudando en las labores de un hogar español. Nos darían sueldo y cobijo durante, al menos, un año. Apenas teníamos quince años.

Los primeros años todo era muy nuevo para nosotros. Todo lo teníamos al alcance, el agua, la comida, el medicamento, la fiesta, pero ni hablar del barrio…

En una ocasión quiso Bekokó dar una vuelta para conocer mejor el lugar. Conocer de qué se hablaba, qué era lo que se llevaba, qué era lo que «molaba». Pero sus anfitriones le comentaron que aquello no se hacía. Lo que se hacía era mirar el periódico, mirar internet, ver las noticias en la tele… La decepción fue grande, pero adaptarse fue fácil dentro de las inmediaciones de nuestros respectivos nuevos hogares. La cosa se volvió diferente al no percibir en los últimos meses del año que nos quedaba la retribución por limpiar, hacer la compra, cuidar a niños pequeños, que eran unos monstruitos que todo lo querían y todo lo sabían, preparar dietas y estudiar. No había tiempo para escribir a las familias porque nos habían confiscado los móviles y solo podíamos hablar desde el teléfono fijo; hablando, por suerte o por desgracia, Bubi nos dio claves.

—Me voy a escapar, Bisi, esto no es lo que yo pensaba.

—A buenas horas, amiga, a buenas horas.

—¿Qué? Ahora no me digas que me lo advertiste… Estoy apenada.

—A ti lo que te pesa es que piensas en ese tonto de Destroy. Quieres volver a las raíces, pero te han metido su estilo, su vida, su modo y todo en la cabeza…

—No entiendo nada.

—No me entiendas o no quieras entenderme.

Las llamadas solían duran como mucho treinta minutos, en los que acaban mirándonos mal por hablar nuestra propia lengua. Bisi dejó de llamar; yo dejé de cartearme con Bisi, y las dos volvimos a África, Quinea, raíces, tierra y costumbres…

Desde entonces, Bekokó comenzó a contar su historia de puño y letra. Y nosotras nos preocupábamos, nos alegrábamos o dudábamos. Era increíble su habilidad para contar y conseguir.

Bekokó me contó...

1. España: destino y vida

Conseguí escaparme de aquella casa. Fui a parar a un lugar llamado Niños de Dios. Un lugar donde nadie tenía padres. Yo no era la única que había sido engañada por parte de aquellos a los que llamaban «la oportunidad».

Ahora todos soñábamos, incluida yo, con tener una familia que nos cuidara y que nos diera el amor que en Niños de Dios parecía no hallarse.

Nos instruían para coser, cocinar, lavar y limpiar, entre otras cosas, o estudiar los enseres de la vida académica: sociales, naturales, filosofía, castellano o catalán… Nos pasábamos la vida con las señoras que nos enseñaban la palabra de Dios y nos recordaban lo que era la desobediencia y qué diabólicas eran las redes sociales. Si no acatábamos ordenes, éramos castigadas. Algunas dejaban que las castigaran, porque así tenían un tiempo de prudencia para estar tranquilas. Lo que las señoras llamaban «reflexionar sobre lo que no está bien».

Muchas trataban de saltar una verja para hallar una salida a aquella penosa situación y desconexión del mundo que sabíamos que había ahí afuera. Por eso estaban más rebotadas y más rebeldes, pero poco duraba al ver que no había modo alguno de salir de allí. A menos que una familia pudiera hacer de tu vida todo lo que estabas soñando: libertad.

Cuando alguien lograba el objetivo, nos carteábamos hasta que un buen día dejaban de escribir y sabíamos que había logrado tener una vida mejor, o puede que despreocupada, porque no había nada peor.

Recuerdo soñar que ese día venía una familia y me llevaban. Pero todos los días de fiestas del Señor eran así. Hasta que un buen día llegó mi momento.

Éramos niñas en cuerpos de adultos que habíamos empequeñecido de espíritu, pero ahí estaba yo, con un regalito de Dios y con mis pocas pertenencias.

Se dijo que para que no se diera mala imagen, era mi hermana. Y es que, había algo en Destroy que me acompañaría para toda la vida. Mi barriga.

Se llevó a cabo y me lo había creído tanto que casi lo podía palpar.

2. Nueva vida, nueva familia

A la edad de diecinueve años, retomé mis estudios, me compraron toda la ropa que quería, comía abundantemente y tenía un móvil de última generación, todo volvía a ser «normal». Había en mí, un perfecto castellano, una chica que había dejado de preocuparse, que se dejaba llevar por los caprichos, que prefería la ropa cara, que se mezclaba con gente que, al referirse a otra etnia, me decían, a mí, Bekokó, «Tú no, tú eres diferente», «Tú no eres tan negra». Y yo seguía en la senda del inconformismo capitalista del que mucho quiere y mucho ignora. Porque mi comportamiento era igual al de una chica que era rica de cuna. ¿Era yo una reina?

Las urgencias de la vida eran: comer, ver las redes sociales, las noticias y preocuparme del nuevo vestido que llevaba la famosa de moda. ¿Era eso tan malo?

No sabía por qué me habían dado un toque de atención mi familia, hasta que empezaron a poner normas si no cambiaba mi actitud. A partir de ahora, solo compraría ropa con la tarjeta de crédito, una vez al año; no podía estar todo el día metida en las redes sociales si lo que quería era socializar; me apuntaron a extraescolares para que dejara de perder el tiempo y para más inri, a Amoda y a mí, nos pusieron en la misma habitación porque decidieron que así descubriríamos lo que era compartir…

Unos vídeos fueron la clave… vi a una mujer cargando un cubo de agua, primero me fue indiferente; otro vídeo hablaba de las miserias de algún país del este, creó en mí la incomodidad; hasta que un conflicto político y de guerra me desarmó. Pensé, lloré, estuve en mí desde la desazón, la vergüenza y la incomodidad de ser yo, por haber querido ignorar.

Alisaba mi cabello cada mañana para encajar. Tardaba una hora en maquillarme todos los días. Elegía la ropa adecuada y a la moda para cuidar mi cuerpo y llevarlo a la extenuación en el gimnasio sin tener en cuenta que, acabaría escogiendo no comer los viernes; cuando recordaba ese día señalado en el calendario como los más felices de mi vida. Me sentía fea, gorda, pusilánime, sin motivación alguna que lo que estaba a mi alcance y podía conseguir rápidamente. No sabía quién era yo o qué quería. Yo solo quería ser querida.

Un día, mi madre adoptiva me susurró algo al oído, «Eres bonita tal y como estás» y me vine abajo. Lloré y me metí un atracón de galletas de chocolate, que devinieron entre las tres de la madrugada y la salida del sol. Rendida al sueño, pese a mi poca predisposición en querer dormir, oía algo que me susurraba «qué fea eres». Esas voces hacían que discutiera con mi familia, que gritara, que me sintiera agitada o que explotara de dolor por nimiedades. Pequeñas cosas que eran muy grandes. O grandes cosas que nadie veía como grandes, sino como pequeñas, vulgares y sin importancia.

Había llegado al peso que me había propuesto, cuarenta y cinco kilos. Quién lo diría, quién imaginaria que estaría en el peso que había estado deseando siempre. Entonces, ¿por qué oía a la voz susurrante?

Comencé a inventar historias cuando mi nueva madre me regaló un cuaderno rosa y un bolígrafo a juego, para que, a palabras de ella, que yo creía que no sospechaba, me escribió una nota: «Todo empieza con unas letras, todo fluye con un sentimiento y todo se junta cuando plasmamos aquello que nos evoca algo».

Me había recluido en mis mazmorras del pensamiento. Comencé a escribir, pero también comencé a sentir pavor a salir.

Me las ingeniaba para no ir a clase. Me las ingeniaba para no tener que coincidir con mis nuevos padres.

Amoda me miraba. Me observaba inquieta. Pedí y rogué que me cambiaran de habitación. Estallé y lloré, alegando que no me sentía bien.

Conseguía todo lo que me proponía. Pero ese día mi madre adoptiva se dispuso a desentrañar la extraña actitud en la que me había dejado apoderar y direccionar mi vida.

Entré en el baño. Cuando terminé de ducharme, desnuda, me di cuenta de que me había olvidado la toalla en la habitación. Creía haber dejado la toalla cerca de mí. Hecho que me obligó, en un momento en el que pensaba que no había nadie en el piso de arriba, a ir a mi habitación. Me deslicé como pude, toda empapada y cuando abrí la puerta de mi habitación... Madre se sorprendió tanto que comenzó a llorar.

—Cariño... —dijo en un tono de protección que yo no entendía...

—¿Qué ocurre? —dije incrédula.

—No lo ves, ¿verdad? —Señaló mi cuerpo mientras me ponía la sudadera después de secarme. Hice una pausa, y sugirió—: podría contarte qué es lo que define a una mujer de la sociedad, los valores y la actitud... pero no lo voy a hacer. Prefiero que me cuentes cómo te has estado sintiendo últimamente desde que pensaste, si en algún momento lo hiciste, que tu cuerpo no era suficiente para alguien o para ti... —Se interrumpió y dejó que hablara, pero ya estábamos las dos envueltas en un mar de lágrimas y gimoteos.

Ese día volví a nacer, pero también me llevó a medicarme, a la suspicacia, al miedo, al torbellino de ideas automáticas sobre mi cuerpo, a lo que pensaban o no de mí.

—¿Quién podía maltratarse tanto para no quererse una a sí misma? ¿Qué intentas gritar, expresar, decir, denunciar?

—Yo solo quería que me vieran.

—¿Quién querías que te viera?

—No sé...

Entonces, la doctora me animaba a que escribiera. Me decía que podría ser una buena escritora y me preguntaba si me gustaba tanto la fantasía como para escribir algún texto para desatar el nudo de ovillo que tenía en el estómago.

Ser. ¿Ser quién?... ¿Yo?

—¿Recuerdas cómo era tu vida antes de llegar a España?
Ciertamente, había olvidado. Había intentado verme en otros escenarios en los que nunca había estado. La culpa y el miedo me reconcomían y me daban vueltas en el estómago, una vez más.

En este nuevo centro llevaba una dieta completa. Había chicas que sufrían por las mismas cosas que yo. Un día, Priscila, me preguntó si me gustaba la música. Asintiendo yo, me mostró un auricular y nos pusimos a escuchar música juntas. Demi, fue la que me habló de un desamor que la había llevado a obligarse a hacer una dieta estricta en la que poder poner su cuerpo tal y como ese chico que le gustaba creía que la aceptaría, la vería más guapa. Ella, Demi, era la que había mejorado más de las tres, por lo que pronto volvería a casa. En cambio, yo era la que seguía las conversaciones. Me descubría un poco más en cada una de ellas.

—Un chico no tiene por qué decirte que comes como una cerda si de verdad te quiere, y una chica no tiene ni debería llamarte creída por ser tímida, ¿no crees? ¡Al diablo con todo! No pienso volver a caer —gritaba Prisci cada vez que una enfermera nos dejaba justo al lado la medicación.

Yo solía asentir y mirar a la nada, al infinito. Había descubierto un cuerpo extremadamente delgado y me había visto enmascarando mis sentimientos, superponiéndolos a otros. No sabía cómo debía proceder, qué decir, qué pensar o si debería gritar. Todo se me atoraba en la garganta y estallaba finalmente en un llanto ahogado que emitía gritos de rabia y desazón.

Prisci fue mi soporte porque «a buen entendedor, pocas palabras», pero Prisci también mejoró, y yo volví a estar sola. Porque los que mejoran se van. Sentí un vacío… Todo lo que quería se iba… Todo lo que deseaba, me dejaba o se alejaba…

★★★

—¿Entonces, esta princesa puede transformarse en lo que quiera, dice las cosas sin importar cómo caerán, entra y sale de su reino cuando quiere, toma las decisiones que quiere sin arrepentimiento, y se acuesta con cuántos hombres quiere y desea sin enamorarse ni comprometerse…?

—Sí.

—¿Te has enamorado alguna vez?

—No sé… solo sé que me gustaba alguien…—paré porque algo me dolía en la garganta. La terapeuta me sugirió un poco de agua

—Piensa qué es para ti el amor, pero no solo el de pareja, también el de otros ámbitos.

Y así comenzó mi introspección: amor, ser amada, decidir amar, decidir no amar u odiar… ser.

3. CUANDO YA NO QUIERES, PERO NO PUEDES…

A lo largo del día aparecen más de noventa mil pensamientos en la mente. Si crees que es fácil recordar algo en concreto cuando te impones aún más pensamientos, quizá estés siendo demasiado dura contigo… ¿No crees?

Qué pánfila, Bekokó era una pánfila que no era capaz de caminar con la espalda recta desde hacía mucho tiempo. Esa era, la que caminaba con un halo de tristeza en el espíritu y con los ojos inyectados en sangre por llorar incontables horas a escondidas. No tenía amigas. Esas amigas no estaban ni estuvieron. Quién era ella sin el amor de alguien y para qué quería eso que llama la doctora «amor recíproco».

Ya no quería sentir más que no era digna. Cada vez que mi madre venía con mi padre adoptivo a verla, sonreían y decían que se me veía mejor. Comencé a pensar que era mentira. No hice caso. Me comenzó a molestar todo lo que decían para hacerme sentir bien. Como: «Hoy tienes el guapo subido. Se te ve bien».

De algún modo sentía que no merecía esos elogios. Los despachaba rápidamente diciendo una mentira: que tenía cita con la psicóloga o con la psiquiatra y me dejaban. No sin antes darme un montón de abrazos y besos que yo rehusaba.

—Las mujeres africanas son muy fuertes porque, a pesar de los muchos desafíos que les rodea, no dejan de luchar, no dejan de intentarlo, sueñan y van en busca de aquello que desean. No paran hasta conseguirlo. ¿Crees que este artículo refleja la mujer que eres?

Sentí que me estaba contando cosas que yo ya sabía, que yo ya llevaba innatas en mi ADN, pero había algo que me reprimía a decir, aquello que en realidad quería decir así que balbucí.

—Creo que las mujeres negras enfrentan el doble de desafíos cuando emigran a España. Creo que incluso siendo española y afrodescendiente se pueden enfrentar a esas causas, porque no dejamos de ser la diferencia, no dejamos de ser lo que destaca entre lo blanco. Algunas veces queremos ser parte de ese «igual»; otras, nos alejamos; y muchas otras, nos tenemos que automotivar para poder darnos al mundo, ese que nos ve «extrañas al resto». Pero creo que mi nueva situación me ha llevado a…

—¿Te has sentido extraña? ¿Por qué lo extraño podría ser también algo único, excepcional?

Los susurros, sobre «Qué creída se ha vuelto» dejaban de manifiesto el soliloquio que manejaba tras cada comilona al observarme sorprendida una enfermera. «No soy creída. Qué te importará a ti lo que yo me crea mientras te deje en paz». «Soy cómo yo quiera, no cómo tú me digas. ¡No me voy a callar!».

Algo que también sucedía cada vez que mi cabello afro salía al aire, para descansar de tanto alisado y trenzas.

Ese día me mantuve en ese estado entre no querer y no dejar de oír que «me merecía la muerte». Temía por mi vida, temía por mi seguridad, pero pronto…

—¿Cómo de real crees que es lo que oyes? ¡Desmóntalo!

Y funcionaba, sabía que aquello era producto de mi imaginación, de mi mente dando prueba de que soy más fuerte que todo lo que he vivido. Y así, la doctora me fue instruyendo en el arte de los pensamientos positivos.

Aun así, la medicación no cesó.

Me permití, por primera vez en esos meses, darme y que me dieran amor. Mis padres adoptivos habían estado muy preocupados, pero dejé que me abrazaran y yo los abracé.

—Hay mejoras. Tenemos que hablar de tu vida de ahora en adelante ¿Qué crees que te gusta hacer y qué harías si tuvieras la oportunidad de hacerlo?

Entonces, pedí una hoja en blanco y pedí que enviaran varias cartas. Creí conveniente explicar mi modo de vida a mi madre, a mis amigas y a mi barrio. Esa vida, a modo de historia. Había pasado muchos años sin dar respuesta a mis amigas. Escribí largas hojas llorando y pidiendo perdón por no haber dado señales en todo aquel tiempo, sin contarles exactamente qué me ocurría. Me inventé una historia en la que había encontrado un buen trabajo, una buena familia me ayudó y cobraba bastante bien haciendo eso que tanto me gustaba: escribir.

Cuando decidí que eran las hojas definitivas. Rondaron varias semanas, meses en la mesilla de noche, sopesando si enviarlas o no.

Un día, sin esperarlo, la psiquiatra pasó por mi cuarto para ver cómo estaba, cómo me desenvolvía. Para verme fuera de esas cuatro paredes «tareas de campo», dijo la psiquiatra. Cosa que me pareció bien. Sobre todo porque pude contarle mis motivaciones en otro contexto: mis preocupaciones, mis nuevas alegrías y mi estado emocional y psicológico.

Bisi no paraba de aparecérseme en sueños. Últimamente soñaba con un bisonte que saltaba, correteaba, jugaba y de pronto se encontraba con una serpiente que le decía: «Me debes un beso y un te quiero».

Estuve pensativa toda la mañana, lo que transformé en un poema. La psicóloga me vio bien. La psiquiatra tomó la decisión de seguir con el tratamiento desde casa.

Y así, las urgencias, esas que me robaba la alegría cuando estaba fuera de España, ahora eran cosas del pasado. Pero para la historia no acaba aquí.

Decidí seguir estudiando. Ahora trabajaba y estudiaba para controlar el estado de ánimo. Cada dos semanas, me veía un médico.

Ese año de 2010, cuando aprobé mis exámenes del grado, envié las cartas a Bisi, a Beka y a mi madre.

Seis meses después conocí a un hombre. Me doblaba la edad. Me dije: «Bekokó, este hombre no te conviene».

Pero mis compañeras de trabajo estaban ensimismadas con él. En el trabajo solo se hablaba de ese hombre; de lo empático que era, de lo fuerte que era a pesar de los obstáculos que había encontrado en su vida, que si escuchaba todos los problemas de las mujeres, que las elogiara, que las ayudara… Yo solo veía a un hombre que utilizaba los buenos modales para engatusarnos a todas y a cada una de nosotras.

—Bekokó, estás muy guapa hoy… —trató de zalamear.

—Gracias —dije mientras metía mis narices en el ordenador, porque poco me importaba ya lo que tuviera que decir aquel hombre hacía mi trabajo, además, me iba a casa.

Un día, en el trabajo, encontré varios pósit pegados en la pantalla del ordenador.

«Bekokó es lesbiana».

«A Bekokó solo le gustan lo que no es carne».

«Se cree mejor que las demás».

Me acordé de Prisci, y decidí que aquello no me afectaría. Pedí mi traslado a otra sede.

Mi angustia en no haber podido aguantar más de un año en aquella empresa como comunicadora digital, me hizo sentir incapaz y débil. Por eso, en el nuevo trabajo pedí mi propio despecho para no estar expuesta a los comentarios de los compañeros.

«Te quiero», dijeron las voces susurrantes…

No sabía cuánto de positivo era aquello, así que lo celebré con mis padres y ellos me obsequiaron con una gran suma de dinero, que rechacé.

Me sentí otra vez de aquella manera: cómo si no me lo mereciera, cómo si tuviera que pedir permiso por y para aceptar aquello. Era una especie de vergüenza y culpabilidad que me había acompañado a lo largo de mi trayectoria.

Me negué. Insistieron y me fui. Un año más tarde, ya era fija en el puesto, por lo que me pude alquilar un apartamento a las afueras de Barcelona. Tardaba más en llegar al trabajo, pero era algo que me hacía sentir bien y que no iba en contra de mis pensamientos ni de mis emociones.

Años más tarde, me encontré con una antigua compañera de trabajo que me dijo:

—Eras la envidia de la oficina.

¿Por qué nadie me dijo nada cuando estaba allí?, ¿por qué nadie quería ser mi amigo? Me pregunté acto seguido. ¡Al diablo con todo!, pensé.

Había engordado considerablemente en los últimos años. No me hacía sentir especialmente mal, pero llevaba gran parte de mi vida rehuyendo a los hombres. Me negaba a reconocer lo delicado de la situación. Amoda seguía estudiando, seguía siendo modo y motivo de mis preocupaciones.

Amoda, con los años, se había negado a ser el modelo de chica que callaba, a diferencia de mí. Por todo rechistaba y sacaba puntillada; era una rebelde. Me hacía gracia. Nadie se atrevía a llevarle la contraria, nadie la engañaba, nadie la utilizaba y, por descontado, todo había ido según lo previsto. Sentí algo en mi corazoncito.

Guardaba conmigo aquello, y sabía que tarde o temprano estallaría. Puede que de la peor de las maneras.

Por eso, cuando me enteré de que Amoda había quedado prendada de un hombre, quise saber quién era. Se negó a contármelo.

Los días en el piso nuevo eran buenos. Pero había comenzado a notar que la mirada de la gente era algo desdeñosa. Hasta que un susurro dijo: «Mira a esa gorda», «¿Yo?, si solo es una gorda asquerosa», sentenciaron… Volví a mi vida de entonces, pero no le conté a nadie nada de ello.

Soy la negra Bekokó, la que volvía a sentir el rechazo de la sociedad. Sin darme cuenta, un día no cenaba; otro me lo pasaba haciendo mucho deporte, y muchos días después estaba midiendo el perímetro de mi barriga y de mi trasero. Para cuando quise pararlo, volvía a pesar más bien poco, y eso me hacía sentir bien. Porque eso seguía siendo y estando dentro de la sociedad en la que admitía a gente, pero perdí mi trabajo.

Ahora llegaba a fin de mes gracias a los ahorros que había tenido durante toda mi corta vida. Tiraba de ello, pellizcando.

Soñaba con cervatillos, con el monte Kilimanjaro, con el río Nilo; me veía ensoñada en mis largas travesías en bus, en las que me contaba historias sin ton ni son, pero que me hacían muy feliz; noches de escritura y que, sin embargo, zambullían al pensamiento en problemas que, para la edad que tenía, eran sucesos; para el fuerte azote de la economía mundial, era entonces, un problema que en realidad no afectaba, pero que me negaba a aceptar.

Y entonces conecté de nuevo con Prisci: salíamos a bailar, nos contábamos secretos por teléfono, despotricábamos para merendar y éramos grandes compañeras que, aunque pasara tiempo después de estar muy encima la una de la otra, habláramos como si los años no hubieran pasado; encontrarse era como si no siguiéramos en la residencia.

Gracias a Prisci, conocí a Aka, quien me aseguraba y me perjuraba que era de Guinea y que el destino nos aguardaba cosas increíbles. A mí me recordaba a un amor pasado. No sabía muy bien si huir o quedarme.

Pasaron seis largos meses hasta una primera cita en la que solo hablábamos por teléfono. Después pasó un año hasta que comenzamos a salir como amigos, y cerca del año y medio para poder ser novios.

En una de esas, me sorprendió con un viaje a Ullastret, y la tranquilidad y la sorpresa de un álbum de fotos en los que me había fotografiado en cada una de nuestras salidas con una rosa y un libro, fueron motivos para no dejar escapar aquella oportunidad. Cuando todo fue revelado: mis estados, mis infiernos y mis miedos, él permaneció a mi lado.

Cuando mi madre me llamó una tarde en la que justo llegaba de un paseo vespertino, me enteré de que el hombre con el que estaba Amoda no era otro que Enrique, mi excompañero de trabajo. Mi inquietud se acrecentó. Mis miedos se intensificaron y no pude dormir esa noche, pero en mi fuero interior sentía que podía disuadirla.

La llamé esa tarde para merendar juntas. Parecía que ella estaba también preocupada por algo. Algo la mantenía en un estado en el que llevaba a pasear los ojipláticos ojos, perpleja de todo cuanto le acontecía. Un estado de hipervigilancia. Conocía esa sensación porque la sentí cuando comencé a vivir en España. Perdí muchos taxis por esa expresión que mostraban preocupación.

Aunque Amoda era una chica muy fuerte, también tenía sus momentos. Dejé que se distrajera mirando tiendas, tomando infusiones en casa, durmiendo juntas y, en fin, dejándola ser ella misma. Finalmente, no pudo soportar lo que guardaba en el interior.

—Creo que estoy embarazada. —Primero quise aplastar a esa sanguijuela de Enrique, que se creía rey y señor de todo. Pero luego recordé mis raíces.

—Aunque estuvieras embarazada, sería algo que celebrar: una nueva vida, un nuevo comienzo. Pero si no quieres tenerlo, te acompañaré en el proceso. Iremos al médico y buscaremos una solución.

Amoda se tranquilizó y me dio un abrazo. Parecía más serena. A los dos meses, mi madre adoptiva me dijo que había recibido una carta muy importante de África. Que me pasara en cuanto pudiera.

Sabíamos que comunicarnos por carta era efectivo, también que el móvil creaba poca oportunidad. Si había tormenta no podías contar con «el internet».

«Me apetece vitalif», pensé en Bisi una vez más. La nostalgia, los buenos recuerdos, la faena... y mi añorada madre. Ahora sentía que era lo que había estado queriendo decirme en cada reprimenda.

Mi madre adoptiva parecía pálida, angustiada. Parecía que en cualquier momento se le saldría el corazón.

—Bekokó, siento si la he abierto... En el sobre rezaba: «¡Mamá, oh!»

No ponía dirección, solo el apodo de mi madre biológica en el remitente. El corazón me dio un vuelco.

Mañana es mañana, hoy es este momento

BISI

Parecía otra persona, no parecía ella misma.

Por aquí, como lo hemos ido viendo, muchos vienen con su impecable castellano y sus modales.

La ropa de marca de aquella chica blanca lo decía todo y nada: he venido a promover cuán buena es mi tierra y quiero que todos lo sepan.

Pero no era eso lo que los lugareños entendían y sobradamente acusaban. Sino que, en su semblante, a poco de volver tras un año de España, Beka y yo; vimos en su forma de actuar, que cada cual se comporta como quiere, puede y aprende. En este caso, esta chica venía a dar clases de poesía y literatura al gentío del barrio para aquellos apasionados de las letras. Decían que era una romántica, que se dejaba llevar por las emociones, que era demasiado buena. Pero vimos que eso era lo que veía nuestra amiga Bekokó en ellos.

En otros menesteres, «Mama, ¡oh!» suspiraba y renegaba de los que algún día dijeron que no volvería. Aunque para los más cercanos era una suerte que estuviera estudiando en España. Todo eran bendiciones y alegría. Así que, creo que cuando ella no volvió, el barrio de Bekokó se sumió en una profunda tristeza hablada. «Dónde estará esta niña», «¿Se sabe algo de la pequeña escritora?». Al principio, recibíamos cartas muy prometedoras sobre su futuro y planes de vida.

Todo cuanto esperábamos de ella, era tal y como lo describía y quería. Por eso, cuando dejó de escribir, pensamos que simplemente estaría muy ocupada. Ya sabes, cómo cuando recoges agua, vas al mercado a vender, recoges todo el producto, cocinas, limpias, vas a clase y aún tienes que cuidar de tus hermanos pequeños.

No iba a contar nada de lo que pudiera estar sintiendo su madre en realidad, pero «Mama, ¡oh!», que se llevaba muy bien con la mía, siempre acababa confesando que no se fiaba de lo de aquel viaje, que era muy joven, que quizá debió esperar más, que todo era un plan de algo. Eso escuchaba desde el otro lado del patio, mientras vigilaba a los más pequeños. Entonces era una niña. Era muy joven. Éramos muy jóvenes.

—Y ese chico, Destroy, dejando sola a mi pequeña. ¿Qué clase de hombre que se precie deja sola a la mujer que supuestamente ama?

—Cálmate, Ferna. Hablaremos con sus padres. Lo que sé es que el chico, ya no sale tanto por el barrio…

—Claro, por miedo a represalias. Porque cuando lo pille… cuando lo desuelle como una gallina… dejará de cacarear con esas niñas…

—«¡Mama, oh!» ya sabes que los jóvenes son así en todas partes. Tú eres la mayor, no lleves tu paciencia por canales de río que se desbordan

Supe lo que hablaban en el barrio; supe que las más inteligentes aprovechaban sus ases en la manga y supe también que Destroy dejó de escribir poesía.

Sentía que mi amiga se había dejado llevar por el portento de aquella ciudad, por la vida que, aunque dura, destilaba a caminos que no la llevarían a buen puerto si llevaba esa actitud, pero luego sus cartas reflejaban todo lo contrario. Sentí alivio al ver que sus esfuerzos estaban encaminados. Lo que ya me tenía con la cabeza dándole vueltas, era la actitud de aquel chico. Así que me dije que iría a hablar con él, para averiguar por qué no se había quedado con Bekokó.

—Yo le dije de volver a Guinea. Le dije incluso de… —resolló— Incluso de qué…

—Habla, chico, que nos tienes a todos en ascuas y preocupados.

—No lo entenderías… eres una chica y solo pensáis en finales felices que no se parecen a la realidad. —Me indigné, pero cogí aire y esperé a que soltara prenda con un gesto inquisitivo—. Bisi, yo la amo… pero ella erre que erre con ser escritora y con ver España. Quería formar una familia con ella, pero el dinero para mí era primordial. Luego… después de un año, me llegó un mensaje…

—¿Y bien?

—Pues… estamos embarazados.

—¡Tú tienes que ir! Te lo ordeno. Es una necesidad debes ir y encontrarla. No sé qué haces aquí como un avestruz con la cabeza bajo el suelo. Aquí no haces más que preocuparte, y ella… —Me llevé las manos a la boca—. Ella lo estará pasando mal…

A los pocos meses, una fuerte tormenta nos dejó sin luz por toda una tarde, pero aquello era el barrio, por lo que era algo usual. Para cuando quisimos darnos cuenta, Destroy se había marchado de Guinea con vistas a España.

Ella me contaba, yo lo sabía...

Hay cosas que una calla por el bien de la amistad, porque juras lealtad sin decirlo, porque aprecias a la persona y porque, en resumidas cuentas, quieres lo mejor para esa persona.

Aunque Destroy se había convertido en el hombre más deseado, desde mi punto de vista, por ser tan misterioso. Sabía que mi amiga algo tramaba. Rezaba a las diosas ancestrales para que nada le saliera mal.

Íbamos recibiendo noticias y cuando dejó de hacerlo, solo me quedaron las de Destroy en busca de su amada. Estaba recorriendo España para encontrar al amor de su vida. Un poco de envidia me daba, pues yo me había dedicado en cuerpo y alma al paradero de mi amiga mientras el barrio se ocupaba ya en otros menesteres.

Todos lo pensábamos, muy en el fondo, pero no lo asegurábamos porque hacerlo era atraer la mala suerte o los malos tiempos, en cambio, sabíamos que casa es siempre casa para un africano… «Recuerda, Bekokó».

Bekokó me contó:
el sueño, nuestra vida

Íbamos al mismo jardín de infancia donde unas niñas jugaban con unas muñecas. Yo jugaba con una pelota, y vino un niño mayor y me la arrebato. Bekokó, además de hacer que me devolviera la pelota, le pegó una colleja, consiguiendo así que me pidiera perdón.

Desde entonces, allá donde va una, va otra.

En otra ocasión, salí con cierto chico que no era muy bien visto. Ella sabía que mi madre podría regañarme si iba sola a cada cita, pero ella inventó que me quedaba a dormir en su casa durante un mes entero hasta que el chico me rompió el corazón, riéndose de mí por el hecho de que comiera con tanta animosidad. Pase tres meses llorando, durante los que mi amiga me infundió confianza, valor y respeto. Ella me decía:

—¿Qué clase de chico merece tu atención cuando ni es capaz de mirarse a sí mismo? ¿Tú lo has visto? No solía tenerte contenta, tonteaba con otras chicas y siempre se la pasaba fumando tabaco a escondidas de sus padres… ¡Qué no, Bisi! Que no merece tus lágrimas. Mírate, eres preciosa. Y el que no sepa valorarlo, que pegue la vuelta. Tú te mereces lo mejor, porque eres inteligente, empática, amiga de sus amigas, respetuosa, chistosa, amable, jovial, llena de ideas increíbles, trabajadora, y no deberías dejar que lo que un niñato como ese vaya diciendo en el barrio te afecte. Porque, amiga, eso es ser preciosa, no la apariencia física.

Entonces, escuchábamos la radio con las novedades de los jóvenes universitarios; cantábamos o bailábamos; veíamos la novela con Mama, ¡oh!, y dormíamos juntas hasta que salía el sol y yo me marchaba a casa a hacer mis labores de hermana mayor.

Forjamos una amistad que no sabía si volvería a darse. Siempre estaba en mi corazón y en mi visión. Porque estuvo y porque hay que estar siempre para los nuestros cuando hay problemas, sino qué clase de amigas seríamos entonces.

Habían pasado varios años desde que Bekokó estaba en paradero desconocido. Sin embargo, me embargaba cierta emoción porque Destroy había encontrado noticias frescas sobre mi mejor amiga que la situaban en un pueblo de Barcelona, Viladecans, donde le habían dicho que había estado en un internado, y donde mucho después supo que fue algo delicado, aunque pronto su felicidad se vio reforzada tras conocer a una familia adinerada que vivía en Terrassa. Ahí le perdió la pista, puesto que el centro consideraba de dominio privado el paradero de mi Bekokó.

—No sé, Bisi, tal y cómo me hablan de nuestra Bekokó, no parece ella. No estoy seguro de que haya dado en clavo. Estoy preocupado, pero no dejo de buscar, te mantendré informada…

—No te desanimes, sigue en tu lucha. Estás muy cerca. Nos mantenemos en contacto.

Bekokó me contó: Destroy

Ella me enamoró al instante. Fue un amor de esos que cuando ves a la persona, sabes que tiene que ser tuya. Desde el momento en el que ella se paró en la playa a observar cómo recitaba, supe que tenía duende. Su forma de ver el mundo me cautivó cuando comenzamos a pasar las tardes juntos. Sabía muy bien cuál era el efecto que causaba en las chicas, que atraídas un poco por la curiosidad y otro poco por mi apariencia física, pero nada tenían que ofrecerme. En cambio, Bekokó tenía sueños propios, quería ser escritora o tal vez comunicadora. Y eso me fascinaba. Poder descubrir, desde su propia visión y experiencias de vida, cómo percibía el mundo y ver cómo a través de la escritura lo plasmaba. Era bello su mundo y sus ilusiones. Por eso, cuando la vi tan ilusionada con ir a España, supe que tenía que hacerle el mayor regalo que pudiera, vamos, que yo quizá no tuviera mucho más qué ofrecer que el dinero y poder de mi familia, esa que se había desentendido de mí. Puse todo de mi parte para que mis padres dieran el visto bueno a ese viaje y poder hablar con la madre de Bekokó, a quien todo llamaban cariñosamente «Mama, oh», por lo preocupadiza que era. Al contrario de lo que pudiera parecer, la madre de Bekokó y como viene siendo frecuente en Guinea, era preocupadiza, pero tenía mucho carácter, que había desarrollado a raíz del fallecimiento de su marido. Aquello la hizo la leona más fiera que el reino Bubi podría encontrar, pero también me amedrentaba mucho la idea de que supiera que la idea era mía. Por eso, mis padres contaron con varias familias españolas influyentes para que cuidáramos sus hogares limpiando, cocinando o haciendo la compra, así como cuidar a sus hijos. Por lo que sabía, Bekokó no iría a ninguna parte sin sus amigas: Beka, la chica muda porque apenas hablaba y Bisi, su amiga de la infancia y mejor amiga. Por fuerza necesitábamos que pensaran que íbamos a conocer España, pero lo que yo realmente quería era poder estar sin sus amigas tan cerca.

Mi sorpresa fue que nos tenían en un estado casi lamentable. Para absolutamente todas y cada una las labores encomendadas no nos permitían estar los unos con los otros. Lográbamos llamarnos por teléfono a cobro revertido, pero ni el cansancio ni la severidad con la que nos trataban aquellas familias nos iba a preparar para lo que ocurriría. Bisi y Beka lograron irse de Barcelona de vuelta a Guinea gracias a la ayuda de un hermano en España. Luego, nosotros debíamos decidir, pero Bekokó y yo soñábamos todas las tardes con vivir juntos, formar nuestra propia familia; sin embargo, yo, ansioso, en un momento de cordura, tuve la cabeza fría de pensar tres veces que si lo que queríamos era estar juntos, debíamos tener un sustento, un trabajo y, sobre todo, un hogar.

Al pasar los meses en España, nada me hacía acostumbrarme al nuevo lugar. Logré sacarme la carrera tras insistencia y persistencia. Persistí e insistí en hacer sentir la misma urgencia comentada para nuestros sueños conjuntos. Pero Bekokó, que siguió estudiando, pero con la mente en las nubes, soñaba demasiado alto para mí, yo le decía: «Por favor, hagamos esto juntos, en Guinea. Aquí no puedo protegerte, aquí no nos quieren y lo que es peor, no tenemos donde ir si comenzamos nuestra vida juntos. Hagámoslo, sí. Pero en Guinea». Entonces, después de decirle la retahíla de cosas por las que la amaba, ella siempre me contestaba que por lo único que quería volver era porque allí tenía a todas las chicas en el bolsillo, porque mi ego era más grande que nuestro amor, el amor que le profesaba. No entendía por qué me decía aquello sabiendo cuánto la amaba y lo dispuesto a hacer lo que fuese por ella. Fuere lo que fuere, ella vivía un idílico desde que tenía uso de razón. Sentí que perdía al amor de mi vida. Orgullosamente, pensaba para mis adentros que quizá al verse sola en España ella anhelaría esos momentos en los que no podíamos detener nuestro amor y ansias. Habíamos descubierto qué significaba ser amados, correspondidos tanto en la intimidad de las sábanas como en la intelectualidad. Ingenuo de mí, cabezota, o tal vez cobarde, cómo ella me recriminó varias veces. Tal vez no la merecía. No aguanté más allí, en Barcelona, porque me superaba verla de aquella manera.

Imitaba los andares y la vestimenta de la zona, pero eso era lo de menos, el problema fue cuando comenzó a plancharse el cabello, estropeando su hermoso afro, y todo para qué, ya que ella trabajaba en una casa donde no la querían nada más que para servir. Sí, imploré y supliqué que regresara a casa, a Guinea, pero no quiso. El ego me llevó a ser más cruel, le dije: «Si no vuelves conmigo, eso significará que no me amas, y si no me amas, es que esto se ha acabado». Fueron las últimas palabras que escuchó de mí. Yo de ella no obtuve nada, solo un frío beso en la mejilla con los ojos humedecidos. No sabía por qué, ni me imaginaba porqué, hasta que a los tres meses recibí un mensaje de texto donde lo explicaba todo.

«Estoy embarazada de tres meses. Remitente: Bekokó».

En ese momento sentí que tenía que volver, que tenía que estar con ella, pero al oír por el barrio que Bekokó llevaba una vida de lujo, que había acabado sus estudios y que todo le iba estupendamente, me hundí en mis miserias y miedos, pensé que quizá otra persona y ella, mi amada, cuidaban de ella y nuestro bebé. Por una parte, pensaba que, seguramente, el hombre que estuviera con ella sería el que realmente le estaba dando la vida que se merecía, y no yo, un profeso rucho de arte y literatura que no había tenido los pimientos de apostar por ella.

A escondidas, los fines de semana, compraba licor para intentar apaciguar el melancólico sentir y las ansias de volver a verla, acariciarla y recelosamente hacerla mía, pero era un sueño muy hipotético, porque ese hombre podría ser mil veces mejor que yo, ahora que casi rozaba el alcoholismo. Fue entonces cuando Bisi recibió avisos de todo lo que le había estado pasando a su amiga Bekokó. Nada era como ella contaba, pues la astucia de Bisi, y lo bien que conocía a su amiga, le hizo investigar sobre su paradero. Fue entonces cuando viajé sin rumbo y solo, como destino Barcelona, para encontrar a mi amada. Iba impulsado por el arrojo, la motivación y las buenas palabras de su mejor amiga de la infancia. Iba a encontrar a Bekokó y a traerla de vuelta. Yo no estaba tan seguro de conseguirlo, pero ella sí. Siempre me decía que ella estaba segura de que Bekokó me amada, que no querría a otra persona que no fuera yo.

De este modo, comenzamos una serie de comunicaciones que se alargaron en los años desde Barcelona y Guinea. En las que no esperaba encontrar nada, pero tampoco esperaba no encontrarme con nada. Era una sensación de sentimientos encontrados cada vez que Bisi me daba alguna indicación, y yo cada vez estaba más cerca de encontrarla. Pero para ello tuvieron que trascurrir al menos diez años en los que tuve que trabajar en empleos precarios, comer más bien poco y nunca estar o vivir en un mismo lugar.

Mientras pensaba en qué había venido a hacer aquí, cada vez que me derrumbaba o que mi deseo me llevaba a querer consumar, pero me resistía: ninguna era como Bekokó.

Ya estaba perdiendo la confianza cuando Bisi me dijo la dirección en la que había estado viviendo todos estos años, y que lo más seguro era que siguiera allí. Me esperancé a la vez que me impacienté.

Y un día, frecuentando una cafetería de Terrassa, vi a una muchacha muy huesuda, con aires de niña pija. Tenía el cabello liso y una mirada penetrante que entraba junto con una chica blanca con la que reían deshilachadas y sin tapujos. Supe que era ella por la forma en la que sus hoyuelos hacían las aureolas en las mejillas.

No sabía cómo acercarse a ella. Así que, pensé en acercarme más a su amiga: hablar con ella, descubrir más sobre lo que había estado haciendo Bekokó en estos años, y así lo hice.

Prisci, su nueva mejor amiga, me pareció una mujer superfuerte y divertida. Me contó el pasado de Bekokó, como la llamaban para acortar su nombre entre amigos, que había pasado por internados el estado malo de nutrición y su miedo feroz a volverse a enamorarse.

Era algo esperanzador que no hubiera mantenido relación alguna con nadie en todo este tiempo, pero muy en el fondo me preguntaba cómo iba entonces a irrumpir en su vida sin que me rechazara.

La idea la tuvo Prisci, la mejor amiga de Bekokó. Me hizo pasar por alguien llamado Aka y, según decía, los admiradores siempre suelen caer bien a las mujeres. Cuando me hizo esperar tanto para por fin ganarme su confianza, no tuve ningún reparo. Ansiaba poder abrazarla, sentirla, conversar y, sobre todo, pedirle perdón por estos largos años; quería formar una familia, esa que no pudimos.

Pero su situación a veces complicaba el momento. Un buen momento en el que poder hablar con ella sin presiones ni situaciones que la alteraran ni que la pusieran a la defensiva. Yo le contaba mis temores a Bisi, luego a Prisci y sollozaba lágrimas de cristal hasta llegar al fondo de mi pecho para punzar el corazón, porque deseaba que Bekokó recordara nuestros momentos de juventud.

Qué iluso me sentía entonces al recrear escenas y recuerdos juntos que ella acogía con cierta complacencia y acompañaba con: «Eres como la rencarnación», pensé que era una indirecta, pero a veces le deslizaban algunas lagrimillas de felicidad. Estas me decían que cada vez estaba más cerca de poder tenerla, de hacerla mía, de vivir una vida juntos. Sentía el tiempo pasar.

Después de unos largos años llegó el momento en el que llegaría esa declaración para que, por fin, viviéramos juntos.

Bekokó y el galán de Enrique

Aún recuerdo el mensaje que rezaba, ese que me hizo estremecer. Pero antes de eso deseaba, una vez más, contarle a Prisci cómo se instaló en mi vida sin ningún permiso. Deseaba tanto que desapareciera de mi vida como lo podría haber sentido cualquier otra mujer. El solo hecho de ver que Enrique se comportara de una manera tan altiva me producía rechazo. Por eso, siempre le evitaba.

Soñaba en esos dos años que pude invertir en un piso nuevo, ese que pagué en los dos primeros años a fin de devolver lo regalado por mis padres adoptivos. No era que mis padres no pudieran o debieran pagarme mis comodidades, sino que quería poder sentir que el hogar en el que vivía era mío. Un lugar propio donde yo ponía mis propias normas. Esa sensación de libertad me llevó a trabajar más de cinco años en varios trabajos precarios: por las mañanas trabajaba en una fábrica de embalaje en la que tengo que reconocer que mi tarea era envolver cajas de regalo con una tarjeta que inspirara al receptor a sentir la magia de lo que era recibir aquello, tan misterioso, puede que algo que deseara o puede que algo que al final no usaría nada más que una vez y que no daría importancia nunca más. Por eso, la idea de enganchar por un momento al receptor de aquellos paquetes se convirtió en un trabajo gratificante que duró poco. Trabajaba doce horas y los fines de semana trabajaba como costurera en una mercería. No creáis que aquella mercería usaba maquinas, era todo artesanal. Se negaban a sucumbir al capitalismo que les hiciera acabar con los puestos de trabajo que en ese momento había. Acumulaban más de noventa mujeres (por lo general extranjeras), que, con arduo trabajo, gracias al truque y a las habilidades para el comercio habían conseguido artilugios que les hiciera la vida más fácil para satisfacer la demanda. Era jugársela, pero en el negocio de Teofi, Marga y Trifonia hacían que todas trabajáramos en un ambiente donde todas nos contábamos nuestras pesquisas al tiempo que podíamos estar cantando.

Hubo un tiempo en el que cada vez que llegaba la primavera algunas muchachas, y otras no tanto, se perdían en los descansos para mirar por la ventana, acompañadas de un cigarrillo y hablaban de chicos u hombres. Todas aportaban sus propias ideas y consejos a fin de encontrar el amor. Por lo general, siempre había alguna que luchaba contra el desamor; otras que habían encontrado el amor y que se quejaban de que ya no había deseo, solo monotonía. Incluso en esos casos, en pleno *boom* inmobiliario y ganando lo suficiente como para poder escoger un piso sola, Sandrita se quejaba de que su novio miraba a otras mujeres. Pero reconocía que ella también miraba a otros hombres. Entre risas nos contaba: «La mujer necesita verse segura de que solo la quieren a ella y a nadie más. Pero ellos con su testosterona lo estropean todo». Estallábamos de risa. Y otras compañeras añadían cosas cómo: «Serás desagradecida... ya me gustaría a mí que mi Carlos me llevara de restaurantes, aunque fuera una vez al mes, pero si tú también miras a otros hombres, ¿qué más te da?». Entonces la miraba con cara divertida, la abrazaba y le decía: «Los ojos sirven para mirar, sino no los tendríamos y puede que ni siquiera te mirara a ti. Además, quién dijo que debe guardarte pleitesía si no estáis casados». Siempre la picaba con aquellas palabras entre reflexivas y algo escamosas para Sandrita, que finalmente se casó en París y tuvieron tres hermosos y gorditos hijos. A veces, simplemente había que dejar que las cosas se acomodaran para que todo llegase.

Fue en una de las finalizaciones de jornada en las que me despedía a medio camino de mis compañeras, algunas como las madres «adoptivas» que había encontrado de sopetón y otras como las hermanas que me hubieran gustado tener. Al llegar a una plaza nos dividíamos en grupos reducidos de dos o tres. Era más de medianoche, así que caminar de madrugada podía ser seguro entre dos más, o podíamos ser las gallinas del corral armando jaleo, con las risas jocosas a fin de aliviar la dura jornada.

Fue cuando vimos a un grupo de chicos que se dividían en varias direcciones, en las inmediaciones de unas calles estrechas con varios cruces, sin ánimo de dejarnos sin luz. Por lo que vimos las siluetas a lo lejos, hasta que, de pronto, sin saber cómo, se fundieron las del lado de nuestra acera y nos quedamos en un lado oscuro. Decidimos correr hacia la, luz a fin de que, si nos ocurría algo, alguien pudiera vernos o identificarnos.

Unos pasos se acercaban a un ritmo algo rápido. Nos quedamos arrebujadas en aquella calle que, más que segura, nos impedía sentir el verdadero impulso al que debíamos hacer caso. Al mismo tiempo, el corazón se me aceleró tanto que no podía otra cosa. En medio de lo que parecía una cacería inminente, en un impulso o tal vez miedo, mis compañeras salieron corriendo en direcciones distintas, vociferando y haciendo ruido al son de: «¡Nos matan!».

Me quedé consternada al vislumbrar, después de los pasos, que dieron paso a descubrir desde la penumbra a la silueta: era mi compañero Enrique. Me relajé, más que nada porque creí ver una cara conocida. No esperaba que me hiciera nada. Me relajé, mientras ya hacía rato que mis compañeras habían desaparecido entre las luces titilantes que el ayuntamiento había descuidado por algún motivo.

—¿Qué haces aquí sola?

—¡Nos has dado un susto de muerte!

—Tú y quién más, ¿no respondes a la pregunta?

—Mis compañeras de trabajo… yo… —pero irrumpió.

—Te acompaño a tu casa. Una mujer tan joven no debería salir de noche por las calles a estas horas.

—¿Y un hombre? —arrullé.

—A ver, soy más alto que tú, y podría defenderme mejor. Probablemente no me quedaría bloqueada al ver a alguien en la sombra.

—Lo que tú digas, Enrique. Soy mayorcita para elegir lo que hacer con mi vida. Y tú ahora no vas a decirme qué tengo que hacer o dejar de hacer.

—Bueno, venga, que tengo el coche en esta calle y podemos llegar antes a tu casa.

—Tranquilo, puedo y sé cuidarme sola.

—Ni siquiera por el frío que hace ahora en esta madrugada…

—Bueno, pero las manos donde pueda verlas.

—Tranquila, estarán en el volante. ¿Dónde si no? —emitió una risa malévola que me dejó helada.

Comenzaba a arrepentirme de haberme subirme al coche de alguien que en realidad no me caía bien y que, por lo visto, no se daba cuenta.

¡Qué feliz es la gente que es infeliz! Disociativos de lo que en realidad es, y en sus narices.

Subimos al coche después de dos manzanas caminando, en las que le oí hablar solamente a él, de sus proyectos y de lo bien que le iba el trabajo. Como no me quedaba otra, le pregunté:

—¿Por eso sales de trabajar en traje y mocasines? —Trataba de burlarme de él.

—Bueno, creo que lo mejor… son los tratos con las empresas, la luchas por las que al final siempre conseguimos, más o menos, estrechar lazos… —Sus ojos se iluminaron como si del mismo júbilo se tratara.

No creía que disfrutara tanto en la empresa. Pues siempre se hablaba de los líos raros que mantenía con sus compañeras. La verdad, cada vez me caía peor. Creo que lo decía para ganarse mi confianza. Sabía lo mucho que me gustaba mi trabajo estando allí; sabía de mi autodespido, además de mi nulo interés en él. Yo no estaba para jueguecitos raros, no era de esas mujeres a las que vas a tener contenta con un caramelo.

—Venga, va, cuéntame, que si no tendré que estar dando vueltas por Barcelona hasta llegar a saber dónde, y querrás llegar a casa para descansar, ¿no?

—Gracias por tu amabilidad, Enrique. Me dejas en General Mitre y ya iré caminando hasta mi casa.

—¿Cómo? Vas a caminar en la oscuridad hasta llegar a tu casa… —suspiró y añadió—: ¿Cuándo vas a enterrar el hacha de guerra? Yo no he hecho nada…

Me vi como en aquellas pelis en las que la chica cuenta algo que no le gusta al chico y esta acaba muerta. Tenía dos opciones: fingir amabilidad o insistir en que me dejara en General Mitre.

—Gracias por preocuparte por mí… —Ladeé la cabeza al ver la cara de huevos rotos que había puesto al sonreír involuntariamente en un estado impostado, y continuó——: Creo que, si me dejas aquí, llego más deprisa.

El hombre no se quedó contento, porque al despedirme vi cómo un coche me seguía por la calle. ¿A dónde iba yo entonces? A casa de una de mis jefas de la empresa en la que en ese momento prestaba servicio: Teofi.

Aquella mujer tenía mucho temperamento, y si tenía que llamar a la policía, lo haría. Saqué algo de mi bolso: mis pinzas para las cejas. Las mantuve en mi puño. Estaba dispuesta a usarlas si hacía falta.

Primero llamé por teléfono desde una cabina, y después de un ratito me quedé esperando dentro de la cabina para protegerme del frío.

Aunque intentaba que Teofi no se diera cuenta de mi furia hacia aquel hombre, ella que era muy intuitiva. Me hizo saber que no estaba sola, que eso le ocurría a muchas mujeres y que todo en lo que pudiera ayudarme y estuviera a su alcance, lo haría.

Por lo pronto, en aquel entonces, solo pensaba en cómo hacer entender a Amoda que aquel hombre no era trigo limpio. Pensé que era mejor apartarse de aquella zona, huir, por mí y por mis padres adoptivos a los que jamás les conté lo sucedido por miedo.

Bekokó: la confesión
de Aka Destroy

Después de aquellos días en los que trabajaba en la fábrica, nada volvió a ser lo que era. Sabía que lo que sucedió aquella noche con Enrique me estallaría por algún lado.

En los siguientes días, pasear con Aka por las calles de Barcelona se habían convertido en momentos de rumiaciones y reflexiones que no me llevaban a ninguna parte. Podía contar con mis padres adoptivos, pero lo cierto era que no sabía por dónde saldría todo. ¿Había que poner una denuncia? ¿Cómo nos afectaría esa denuncia? ¿Cómo sería la situación en el caso de que volviera a verle?

Alejarme fue lo mejor. Aunque estaba preocupada por Amoda, intentaba despejarme, cubrir mis frustraciones con la compañía de momentos inolvidables con Aka y el amor que nos profesábamos mutuamente.

Esa semana decidimos irnos a un pueblecito pequeñito en la montaña. Para no estar lejos de nuestros allegados, además, de ese modo podría contarle mis pensamientos y reflexiones para llegar a alguna conclusión.

Me encontré tan cómoda en aquel paraje tan silencioso, y que a la vez me invitaba a relajarme, que se me olvidó todo. Aka debió notarlo, porque estaba más cariñoso, juguetón y hasta más divertido. Decidimos ir al pueblo más cercano para almorzar algo. Antes de salir me dijo que debíamos hablar de lo que estábamos viviendo.

—Es un orgullo poder estar aquí, en esta vida. Quizá en otra también. Pese a las adversidades que has sufrido, quiero recordarte que no estás sola. Que siempre estaré aquí y que, a veces, los destinos se pierden y el amor, tan fortuito como misterioso, nos devuelve a donde en realidad está nuestro corazón gemelo…

—Entonces lo supe. ¡Era él!—. Lo que quiero decir con esto es que soy como la poesía, a veces muy dada a las emociones, a los sentimientos; y otras veces me vuelvo desesperante y agonizante, algo tozudo, pero siempre sereno a tu lado, con tus palabras… Soy…

—¡Destroy! —Lloré a lágrima viva de emoción por nosotros, por lo que habíamos vivido y por lo efímero que me resultó entonces, además de decepcionante.

—¿Por qué? —dije furiosa—. ¿Por qué me dejaste aquí sola?

—Yo quería que formáramos nuestro propio hogar en Guinea, y no aquí. Pero ahora veo que estaba equivocado. Que la familia puede sobrevivir en cualquier sitio y echar raíces como un árbol de baobab —suspiró, entre nervioso y preocupado, y continuó—: ¿Qué ha sido de nuestro…, bueno…, de tu bebé?

—Ella está bien. Solo puedo decirte eso.

—Pero… ¿cómo se llama?, ¿qué edad tiene? Tengo tantas preguntas… —resolló. Por lo que se interrumpió y le dio un trago al café.

—Lo que puedo decirte es que no estoy preparada para compartirte esta información. Si estuviéramos en Guinea… quizá sería distinto si te hubieras preocupado por nosotras… Si fuéramos unos críos, tal vez… —No sabía qué más podía decir.

—¿Sabes lo mucho que he llegado a sufrir por los dos? Bueno, ahora sé que es una niña, pero lo cierto es que con tus ilusiones e imaginaciones sobre España y lo que suponía una vida aquí, me marché en un intento de que me siguieras. Cuando supe que estabas embarazada, Bisi…

—No quiero oír tus excusas, por favor, ahórratelas —aullé.

—¿Acaso no crees que en estos tres años juntos de regreso no he pensado en ti, en lo que debía o no haber hecho, no te he demostrado que te quiero incluso en la distancia? Por favor, habla con Bisi, porque ella, tu amiga Beka y tu madre Fernandina saben todo lo que he tenido que llegar a hacer, incluida tu amiga Prisci.

—Por favor, no metas a más personas en esto. Yo lo que necesitaba era a un hombre que estuviera conmigo y que luchara contra todo lo que he tenido que sufrir…

—Hay muchos tipos de sufrimiento. Todos sufrimos a nuestra manera. No me digas que yo no he sufrido, aunque en algún momento haya pensado en desistir, pero al final siempre era mejor luchar por ti, por vosotras. No tienes ni idea de lo que he llegado a hacer para estar como estamos hoy… ¡Sentados en una terraza y tomando un café! He pasado lo incontable para llegar a ti y encontrar tu paradero…

Entonces se incorporó y se marchó en dirección al apartamento en el que nos habíamos alojado, pagué la cuenta y le seguí el paso acelerado.

—¡Destroy! Por favor, para. No puedo seguirte el ritmo… —resollé.

—¡Qué!

—Lo siento, no quería ofenderte, pero no puedo… yo… —mi orgullo me impedía poder hablar mejor o expresar lo que en realidad quería. Quería fundirme con él, que me abrazara y que fuéramos todo aquello que habíamos soñado de jóvenes…

—A veces, te comportas como una niña mimada, ¿lo sabías? Puede que ahora solo pueda ofrecerte algún que otro viaje por aquí o por allá y planes improvisados. Pero llevo todo este tiempo ahorrando. —Me miró con decisión y me dijo—: Quiero que dejes tu piso y te vengas a vivir conmigo.

—¿Dónde? ¿A Guinea? —dije abrumada y con pavor.

—Creo que eso te toca decidirlo a ti. Sé que te has metido en algún tipo de problema o que hay algo que te preocupa, pero no quiero obligarte a que me cuentes nada que no quieras o no puedas contarme. —Mis ojos se humedecieron y estallé. Me puse a llorar.

—Pero ¿qué, cariño…? ¿Qué te ocurre? —dijo mientras me deshacía entre la ansiedad y la desesperación, por mi hija, por mi pasado y por nuestro futuro.

Amoda

Querido diario:

Te guardo desde los diez años en mi bolsita escondida en el armario. Hoy voy a contar lo que realmente me ha preocupado siempre. Necesito sacar todo lo que siento y todo lo que en realidad me ha ocurrido a lo largo de mi corta vida.

Tengo pocos recuerdos de cuando era pequeña. Por lo que yo puedo recordar con vivida realidad, es que no soy una niña normal. Me recuerdo en un lugar que no sé cuál es, con Be-kokó. Siempre iba con ella a todas partes. Ella siempre cuidaba de mí; éramos inseparables y eso me gustaba. Pero lo que en mí anidaba era algo más que una hermana. En ciertos momentos, me preguntaba cosas.

Hubo un día en el que una mujer me regañó porque un niño le pegó a otra niña y yo lo que hice fue pegarle a ese niño y decirle a aquella mujer que los niños no deben pegar a las niñas. La mujer me contestó que hay maneras más civilizadas de hacer justicia. Pero yo sabía dentro de mí que aquello merecía un castigo ejemplar hacia aquel niño, que con su despropósito había hecho aquello a esa niña. No contenta con eso, recuerdo haber roto los zapatos de aquella mujer, quien ahora puedo saber, con más edad, que era una funcionaria que venía a ver cómo estábamos Bekokó y yo. Por lo que sí, al final, deduje que estábamos en un orfanato.

La mujer en cuestión solía descalzarse en la oficina de la monja que nos profería alojamiento, comida y educación. Así que cogí una tijera y los hice trizas. Recuerdo el enfado de la monja en aquel momento, y los posteriores, porque era usual que la funcionaria dejara sus atuendos en una sala contigua en la que estaba la oficina de la monja. Cada vez que venía, rompía un abrigo, unos zapatos, un bolso o incluso llegué a llenar el borde de un cuello de una chaqueta de chicle, por lo que la mujer con el cabello liso tuvo que cortárselo. Fueron tiempos buenos, porque a pesar de ello, Bekokó siempre me defendía.

Lo que no entendía era porqué Bekokó siempre limpiaba las escaleras durante horas infinitas para dejarlas lustrosas con cera para las monjas. Lo hacía. Luego supe que era para que nos tomaran en cuenta a la hora de elegirnos padres.

Desde ese conocimiento, comencé a portarme mejor. Pero mi promesa fue: en cuanto encontráramos una familia que nos adoptara a las dos, volvería a ser la misma. La que no se callaba, la que no seguía normas ni modas, la que nada la detenía. Aquello me lo enseñó Prisci, la mejor amiga de mi hermana. Porque, al parecer, sabía que cuando llegaba del colegio con las notas resentidas por mi mal comportamiento… ella sabía que no era por mi comportamiento, sino porque reprimían mi verdadera forma de ser.

¿Qué cómo conocí a Prisci? Mi hermana Bekokó solía enviarse muchos mensajes con ella al principio, cuando finalmente nos dijeron que lo que tenía era una disfunción alimentaria. Y yo, un día, le cogí el móvil.

Era increíble la forma que tenía de regañarme cada vez que le cogía el móvil o usaba su ordenador. Enfurecía, no era la misma. Estaba obsesionada con mostrar una imagen de ella que no era y para que ella viera que no necesitaba «ser como todos» llamé a su amiga, con la que me confesaba y sacaba mi rabia. Obviamente, yo sabía que había algo o alguien que me cuidaba. Una especie de guardián. ¿Quién era? No lo supe entonces. Quizá me estoy adelantando a los acontecimientos. Pero el caso es que encontré consuelo en los consejos que me daba la amiga de mi hermana y, al mismo tiempo, mi amiga secreta.

Yo no entendía por qué, si ahora que por fin éramos libres de aquel orfanato, mi hermana se comportaba así. No le hice caso, yo ya estaba rabiosa por mis propios motivos. ¿Por qué no tenía una madre verdadera como todos los demás niños? ¿De ser que tuviera madre o padre dónde estaban? Creo que voy a dejarlo aquí por ahora. Tengo que dormir.

Sinceramente,

Amoda

Bekokó y Besi

Todavía estaba asustada. Era un cuerpo inerte que solo podía pensar en lo que me ocurría a mí y a Amoda. Puede que hubiera estado un poco más ausente, puede que simplemente, fuera que como el agua que el río deja correr, me dejara llevar por la corriente. A veces, uno quiere cambiar sus oportunidades, su suerte, su duende, como dirían algunos españoles, o simplemente su vida.

A lo largo de mi vida había desarrollado una enemistad con mi cuerpo que, aunque era desmedida, también nos preocupó a mi nueva familia y a mí (o más bien a todos). Por eso, y porque no había un motivo que sopesara todo el dolor y mi vergüenza en querer una vida que se adaptara a las necesidades que yo reclamaba en ese momento… Me había dado cuenta de que había actuado como una cría, como un cachorrillo de bisonte, jugueteando con lo nuevo y siendo testaruda con otras. No había conseguido exactamente todo lo que mis deseos me habían llevado hasta este lugar presente, pero, a veces, después de una tormenta todo vuelve a su cauce. No sabría explicar si porque ahora, que Aka, o más bien, Destroy sabía que todo lo que había ocurrido no era más que fruto de una niña asustada y con ciertas expectativas que no eran realistas.

Ahora sabía que había una vida fuera de los lazos de la familia, esa que se hace cuando estás con tu familia nuclear, aquella que puede o no ser pariente, es quien realmente está en estos momentos. En cambio, me embargaba un reparo que hacía que me bloqueara por el fracaso de mi vida, lo poco que había recuperado, cada uno de los motivos por los que vivir o cómo, de pronto, ahora, reaparecer en la vida de Besi suponía alterar el curso de la vida.

¿Por qué? ¿A santo de qué?, me preguntaba mientras volvía a cerrar mi Motorola, último modelo. Borraba lo escrito y me sentía más y más pequeñita.

Entonces… me preguntaba si para Besi habría sido igual. Una vida sin Bekokó, una madre sin Bekokó, o incluso el hecho que tanto escondía y que todos en España ya sabían, excepto mis padres adoptivos. Las monjas lo sabían todo.

Y mientras todo esto ya había sucedido, hay que recordar que Enrique era algo más que un «obsesionado», sino que, no podía confiar en él y tampoco debería hacerlo Amoda. ¿Cómo diantres iban a hacer que abortara? Aunque ella había sido flexible, capaz de soportar la situación; perder un hijo debe ser la ausencia de todo, la soledad, el vacío, la sustracción de lo que un día soñaste y sentiste dentro de ti, pero que nunca se dio. ¿Cómo podía enviarla a aquello? Y, sin embargo, era muy joven, apenas acababa la carrera, con un futuro prometedor, amigos y una vida, que más quisieran muchas. Aunque ella no lo viera de aquella manera, sino como la cruz que había tocado su frente con la desgracia de tener unos padres ricos. Por aquello de que, cuanto más tienes, más te envidian; cuanto menos tienes, más endeble te ven. Las habladurías o cotilleos siempre han sido voces que chocan con lo que nadie debería juzgar, prejuicios. Sobre nuestros padres: ¿Debe poder una mujer dar hijos?, me preguntaba al tiempo que lo hacía nuestro vecindario.

«Por ahí va la morenita. Seguro que son adoptadas», decían.

Nunca me habían importado las habladurías o los comentarios.. Como aquella vez en la salí a caminar por la mañana, le oí decir a una pareja: «Estos africanos siempre huelen mal». La oda al olor era marcada por un eje de clasificación que tumba a las masas. Las urbes guardar un recuerdo en el cerebro de lo que es «aceptable», nos clasifican entre lo bueno y lo malo, lo imposible y lo intolerable dentro de una sociedad en la que no me quieren.

Había olvidado todo cuanto me hacía persona. Había olvidado mi africanidad. Mi negritud y todo por lo que había venido a España: escribir.

Así que, ahora tenía a Destroy, aunque receloso por lo que pudiera ocurrir con Amoda y nosotros tres. Pero no quería que me volviera a suceder lo mismo. Quería luchar por mis sueños, y así se lo hice saber a la persona de la que había estado enamorada toda la vida. Él lo comprendió.

El sueño a escondidas

Volvía a trabajar en una oficina, a media jornada. Por las tardes las dedicaba a estudiar escritura creativa. El curso duraba tres meses y creía que eran de lo más enriquecedor. Estaba aprendiendo mucho. Tanto era así que mis trabajos los entregaba siempre, o a tiempo o antes de tiempo. Estaba enfocada e inspirada.

El profesor, en cambio, cada vez que me entregaba los trabajos corregidos, fruncía el ceño y había millones de tachones en rojo y anotaciones. Pero… había estado siguiendo las indicaciones que me recomendaron: había leído todos los libros que recomendaban, incluso *El Quijote*, y me había dejado seducir por algunos artículos y lecturas que no tenían nada qué ver. Estaba dando todo de mí, tanto era así, que, al principio, me quejaba y el profesor a cargo siempre me decía:

—Debes dejar de lado las emociones y seguir las normas ortográficas y gramaticales, además de las directrices de los ejercicios. No puedes escribir si no has leído algo en condiciones.

Aquello me ofendió, dado que yo había cumplido con mi parte del curso.

En la «causa pasión», lo que yo llamaba de alguna manera para mis adentros porque, si un relato no tiene vida, no te transporta a ese lugar donde está el personaje, del modo que sea, en caso desde la pasión, armonía y deleite, creía que no eran viables. De todas formas, comenzaba a pensar que leer a tantos escritores españoles me habían hecho olvidarme de que aún en aquella época había afrodescendientes y africanos que ganaban premios que, para la buena verdad, pasaban sin pena ni gloria por los periódicos del momento. Entonces, al leer a cada uno de ellos, me dejé impregnar por mis intuiciones y emociones.

★★★

Esa noche se suponía que celebrábamos otro examen, en el que, por fin, darían la aprobación de los trabajos. Yo iba aprendiendo no solo a escribir, sino a redactar, corregir, aplicar normas. Yo… me sentía encorsetada, asfixiada porque no podía ser yo misma. Así que, una vez más, contándole a Prisci mi situación, ella me pidió que le enseñara alguno de los relatos que había presentado en el curso.

En unas semanas, ella me dio su opinión.

—Me parece que tu profesor es un escritor frustrado y lleno de complejos.

—¿Qué quieres decir?

—¡Qué tus trabajos son fabulosos! No sé en qué piensa ese hombre.

—Pues no sé en qué estoy invirtiendo mi dinero si…

—Mira, créate un blog. No lo dejes, escucha la opinión de personas anónimas, y… bueno… tendríamos que hablar de aquello…

—¿De qué?

—Amoda.

Tragué saliva porque había estado postergando desde hacía dos meses el hecho de abrir el gran melón. Sabía que Amoda me odiaría y que Destroy en su fuero interior sentiría que ya no puede aguantar más… ¿Y si los perdía a los dos por mis sueños estúpidos?

—¿Y si los pierdo?

—Cariño, una madre es una madre. Errores cometemos todos, hasta yo misma. Amoda no creo que no se lo imagine. Y tu novio te quiere con locura… esperará lo que haga falta y más. Pero piensa que se merecen una explicación, una forma de lidiar con la incertidumbre. Cuando te decidas… puedo acompañarte en esto. Sé que es duro para ti.

—Gracias, Prisci.

Amoda

Queridísima amiga:

(…) Sabía que en todo aquello había algo raro que anidaba en nuestro interior. No solo por la forma en la que me trataba Bekokó. Pero quería hacerme la loca, negarlo o simplemente dejarme llevar como una pluma al viento.

Bekokó siempre había sido mi uña y carne, desde una distancia más bien próxima. Siempre me escuchaba, y allá a donde íbamos nos confundían con hermanas. Como aquella vez que fuimos a comprar a un supermercado y la dependienta nos preguntó que si éramos gemelas. Algo que, para algunos, resultaría algo poco usual. Dos personas negras pueden ser gemelas, pero no por parecerse de cara, deben serlo. Al mismo tiempo, no creo que todas las personas negras sean iguales. No solo era racista, sino que, además, en aquella época nos servía incluso para protegernos la una a la otra. Veinte años nos llevábamos, pero, por lo pronto, a mí no me importaba demasiado.

Sabía que aquello tenía mucho de extraño, mucho de casualidad, y mucho por lo vivido. Que no cuadraba. Me hacía entender que Bekokó y yo estábamos unidas por sangre. ¿Realmente éramos hermanas?

El momento llegó cuando fuimos a parar a la familia que nos acogió. Una familia rica que nos daba y consentía a nuestro antojo. Quizá era su forma de expresar amor, pero para mí era una manera de expresar una posición: somos mejores que vosotras y mientras estéis con nosotros, seréis como nosotros. Me negaba a esa parte racista camuflada en forma de dinero. Pero… ¿quizá lo tuve más claro al quedarme embarazada?

Conocí a Enrique en una fiesta en la que todas mis amigas iban en busca de ligoteo. Yo estaba acostumbrada a beber unas copas sin que Bekokó o mis padres adoptivos lo supieran; hacía de las mías hasta quedar con «el puntillo» y dejar a mis amigas por las salas de la discoteca. Les avisaba y las dejaba disfrutando mientras yo me iba hasta Las Ramblas de Barcelona para coger un taxi.

Intentando coger uno, con el frío que pelaba y con el punto, un hombre intercedió después que parara por fin un taxi y estuviera estacionado en la calle, además de libre. Hubo una disputa entre quién de los dos debería cogerlo. Yo llegaba tarde a casa para no levantar sospechas, y él… bueno, era un hombre de negocios que solo hablaba de trabajo. Pero, no sé cómo, se interesó por mí: por mis motivaciones, por mis pensamientos, por mis anhelos. Y en esa despedida, en la que cogimos juntos el taxi, hablando, me ofreció su tarjeta para que pudiéramos hablar cuando yo quisiera. No hice demasiado caso. Le di mi número, pero sin esperanza alguna de volver a verlo.

Una semana después, quedamos para tomar unos batidos. Hablábamos, reíamos y me escuchaba. Parecía muy atento, además de hablar de sus cosas de negocios. Finalmente, me pareció muy interesante que su trabajo fuera su motivación, además de que se preocupaba por los demás.

Después de seis largos meses en los que Bekokó y mis padres adoptivos estaban pendientes de citas médicas, análisis y visitas periódicas, me sentía sola. Nadie me entendía. Pero yo nunca le conté nada a nadie. Excepto a Prisci y a Enrique. En cambio, a Prisci no le conté nada sobre Enrique.

—No le cuentes a nadie que tú y yo nos vemos…

—Pero… ¿por qué?

—Nadie lo entendería. Ni siquiera tu madre.

—¿A caso no me quieres?

En ese momento, él cambiaba de tema y me despachaba a la media hora de su casa, alegando que tenía que trabajar y que tenía reuniones a la vista. Era una semana muy dura para él.

En una ocasión, oí hablar de un tal Enrique a Bekokó. Dudé en si era la misma persona, pero cuando supe que sí era la misma persona, ya era demasiado tarde. Hacía tres meses que nos habíamos hecho uno, y él había desaparecido del mapa. No tuve más remedio que contárselo a Beko, puesto que ella era la que mejor me podría entender. Sabía que había una enemistad entre ellos. Lo que no sabía era el porqué. Supe por Prisci que la acosaba en el trabajo y en la calle.

Bekokó: persiguiendo un sueño que se hace eterno

¿Tenía ganas de que me apreciaran por mi trabajo? ¿Pensaba en cómo me veía mi familia en África y en España? ¿Tenía miedo a que nada se hiciera realidad?

Por supuesto, mis esfuerzos estaban enfocados en otra cosa y no quería tocar todavía el tema de Amoda. Porque quería que mi familia me viera como aquello que algún día podía devolverles, para poder volver a ellos y, sobre todo, volver a mí misma. Además, en aquel momento, la situación no era la más cómoda.

Ese día acompañé a Amoda a la clínica para que diera por finalizado su embarazo. Algo tan grande, algo tan duro y doloroso. Podía serlo o quizá pudiera ser la vía para poder dedicarse a lo que el mundo le ofrecía. Así que, la dejé pensar en lo siguiente:

—Piensa que esto lo haces por ti. Ni por Enrique, que se ha desentendido, ni por el ideal de mujer que puede darse a veces. Eres una mujer afortunada que puede elegir sobre su cuerpo y destino, y eso nadie puede quitártelo.

La vi más relajada, la vi convencida y, sobre todo, Con un halo de tranquilidad que hacía pasmoso mis nervios.

Puesto que, nunca pensé que Destroy no me quisiera. Miré por mis emociones, mis instintos, mis situaciones y mis posibilidades, así como por mis deseos. Aquello me hizo acordarme de cuando tuve que pasar por la misma situación, solo que yo había sido criada por el amor de Dios. No quería que ella tuviera ningún tipo de influencia, de ninguna parte, solo lo que ella pensaba y sentía en las tripas. ¿Por qué debía ser una mujer que formara una familia? ¿Por qué debía tener hijos? Y, además, ¿sola? Puede que la familia estuviera ahí, y que fuera una alegría más que una desdicha, pero no quería hacerla recordar ese mal trago que tuvo que pasar por ese inepto de Enrique.

Tras dos horas de intervención. La pasaron a planta, después de unas horas supe de ella. Me dijo, asustada, que nunca había visto tanta sangre. Recordé también esa situación: la balsa llena de sangre y abierta de piernas, sola en la sala y sabiendo entonces… ese bebé ya no crecería, no tendría nombre. Lo supe tras la historia de una compañera de trabajo a la que Enrique dejó embarazada.

No sabía si podría aguantar el dolor que me provocaba el hecho de haberle indicado tales opciones. ¿Lo había hecho bien? ¿Me odiaría? En ese momento apareció Prisci…

—¿Cómo estás, bella? —le dijo a Amoda.

—Creo que he tenido días mejores, pero creo que es la mejor decisión que he tomado en toda mi vida. Ese cabrón, no volverá a saber de mí nunca más.

—¡Así se habla! Creo que Bekokó debería contarte algo… creo que es el momento indicado…

Quise estrangular a Prisci por ponerme en un aprieto como ese, en un momento tan delicado. Pero no me salían las palabras…

—Yo… yo… cuando…

—Cuando estabais en el colegio de monjas, que más que un convento de monjas era un orfanato… —Me ayudó Prisci.

—Sí… yo… te cuidaba… yo… las monjas… —Cogí aire, tal como me hizo el gesto Prisci.

—Es decir, que conocí a un chico, en África, donde, tras un intercambio cultural, pasamos unos años aquí con otras familias. Yo… y mis amigas éramos muy jóvenes. Ese chico… era mi vida, mi sol, mi luna, mis estrellas… quise quedarme en España a completar mis estudios y me quedé embarazada de él.

—Y eso que tiene que ver…—expresó Amoda.

—Pues que ese bebé eras tú. ¡Y junto con las monjas convenimos que tú yo… nos haríamos pasar por hermanas… ¡Oh!, Amoda, perdóname por no haber sido una madre. Una madre cómo tu esperabas, cómo necesitabas, cómo merecías... —Me deshice en llantos y lágrimas gimoteando y chillando.

—Lo sabía todo desde el principio —dijo Amoda.

—¿Cómo? —dije en un intento de culpar a Prisci.

—No, no, tranquila, ella no me dijo nada. Esas cosas se notan. Quiero decir que, lo intuí en varias ocasiones. Por cómo me cuidabas, me hablabas, me enseñabas, cargabas con culpas por mi culpa…

—Lo siento… debió ser muy duro para ti…

—Sí, lo sé, que no te lo confirmen es una incertidumbre. Pero ahora ya lo sé todo. No siento en ninguno de los casos rencor u odio hacia. —Hizo una pausa—. Ahora sé que la decisión o decesiones que tuviste que tomar fueron por un bien tuyo y no por los demás y porque amabas a tu pareja… ¿Puedo saber si vive todavía mi… padre? —expresó con cierto miedo.

—Por supuesto que vive, y está aquí, en España.

—Bueno, yo me marcho… Tendréis que poneros al día de muchas cosas… —Prisci me abrazó a mí a mi hija. Qué bien se sentía poder decirlo.

—¿Puedo llamarte mamá? —Las dos nos echamos a llorar. Nos pusimos al día de todo, nos confesamos la una a la otra.

Luego me fui a la sala de espera porque el médico quería hablar conmigo allí.

Tan solo era que el horario de visita terminaba pronto. Que una enfermera había oído lo sucedido en la habitación y me preguntaba si necesitábamos asistencia psicológica. Pero esta vez, quien la necesitaría sería Amoda. Así que hicimos el papeleo para que una vez por semana ella pudiera desahogarse. Aunque por dentro me comieran los nervios. Aun sabiendo que no me odiaba, que me perdonaba, yo seguía pensando que era una mala madre.

Bekokó: la llamada inesperada

—¿Diga?

—¡Cuánto tiempo!

—Perdón, no sé quién es…

—Soy Besi… Hacía tanto tiempo que no escuchaba tu voz… A Dios, gracias que estás bien… —Se echó a llorar mientras yo me quedaba bloqueada de la impresión. Intentaba que las lágrimas no brotaran, pero una lágrima escurridiza hizo su aparición—. ¿Cómo has estado todo este tiempo? Y… ¿Cómo os va a ti y a Destroy? ¿Y tú nueva familia? ¿Te tratan bien? —Muchas preguntas se aglutinaron de golpe, pero las palabras salían torpes y escuetas.

—Estamos bien. Estamos intentando construir algo nuevo. Algo… ¡Por Dios, cuánto te he echado de menos! —Y ahí me permití llorar. Echar todo lo que llevaba dentro—. Intenté contactar con la familia, contigo con todos, pero… —Me interrumpí.

—No necesito explicaciones sobre eso. Solo saber que estáis bien. Fui yo la que te puso en contacto con Destroy, él…—hizo una pausa y muy vehemente me contó—: Lo ha pasado verdaderamente mal. Temía perderte para siempre. Viajó por toda España para encontrarte, mientras yo era su guía para encontrar tu paradero. Serví de ayuda para que pudierais seguir adelante, a pesar del tiempo, a pesar de todo… —Se le quebró la voz—. ¿Sabes? Él, aunque a veces flaqueaba, persistió y luchó para que lo vuestro funcionara.

—No tenía ni idea de todo eso… pensaba que él sólo…

—Ni lo digas, Bekokó. Él siempre ha estado enamorado de ti, si no fuera porque le insistí en que fuera a España con mi ayuda, él probablemente sería un hombre echado a perder. Me ha contado que tiene trabajo estable en España.

—Sí, es cierto. Tiene trabajo, pero yo no sé cómo…

—Deja que el corazón hable por los dos. Los sentimientos, los actos, el tiempo juntos dicen más que lo que una situación en un momento puntual sucediera, y tienes que reconocer que eres cómo una mecha. Siempre lo has sido. —Reímos entre complicidad mientras un sentimiento amargo me invadía por no haber cumplido lo que me había llevado al lugar en el que estaba: mis sueños—. Sé más de lo que me puedas contar. Venga, venga, y creo que hay una bendición revoloteando en tierras españolas, ¿no es así?

—Sí, tengo una hija. Se llama Amoda, es tan lista, tan valiente… —dije con orgullo.

—Entonces, en eso ha salido a ti … —Sentía vergüenza por no poder explicar o determinar todo aquello que había retrasado mi verdadero motivo por el cual siempre había querido ir a España. Sentí la urgencia de finalizar con aquello.

—Lo siento, Besi… entro en diez minutos a trabajar y tengo un largo trayecto de mi casa a mi lugar de trabajo.

—No te preocupes, ve con Dios. Pequeña escritora… todos rezamos por ti y por tu pareja aquí en el continente. Solo te pido que recuerdes.

—Tranquila, todo… está bien —mentí con una voz entrecortada y floja.

★★★

Me sentía una miserable por no haberle contado la verdad a mi mejor amiga. A mis dos mejores amigas. Pero ahora que sabía que no me guardan ningún tipo de rencor, sabía que debía luchar con más fuerza si cabía.

Esa misma tarde asistí a un seminario organizado por una organización africana sobre las literaturas africanas y su situación con las lenguas europeas. Allí conocí a gente que me llenó el alma. Ya no era la única mujer negra en un mismo lugar con otras personas; ya no era yo contra el mundo. Las piezas encajaban, y lo cierto era que aprendí no solo que tenía que seguir luchando, sino que el camino iba a ser pedregoso y muchas veces tendría que hacer de tripas corazón para no dejarme llevar por lo que mi corazón, mi rabia, mis emociones o mis pensamientos pudieran hacerme creer. Porque la vida era algo en lo que hacerse sentir. Llevar la vida al siguiente nivel requería de coraje.

Lo siguiente que hice fue sentar a Amoda y a Destroy para hablar de la unión familiar y todo lo relacionado con lo que suponía una vida juntos. Porque todo estaba en la raíz.

Amoda

Queridísimo diario:

Finalmente me deshice del sentimiento que siempre supe que había en mí. Una madre que no había estado del modo en el que una niña puede imaginarse. He tenido una madre que ha luchado con dientes para construir y buscar un futuro mejor para ambas.

Mi madre, Bekokó.

Por fin, puedo llamarla madre. Y qué bien suena, qué bien me siento. Requiere de valor haber llegado a este punto, pero aún me surgen dudas.

¿Quién es mi verdadero padre? ¿Me querrá tanto cómo mi madre? ¿Dónde estuvo todo este tiempo? ¿Qué ocurriría si le conociera?

A veces me siento parte de una familia. Pero lo cierto es que otras veces me siento fuera de ella. Ahora sé que es cómo si tuviera tres familias: mis padres adoptivos, mi madre y mi padre, y la familia de África.

Todo va muy deprisa, tanto como cuando decidí abortar. Supe que tenía que hacerlo por mí, porque ese niño no venía de un amor correspondido, porque espero grandes cosas para mi futuro y porque soy demasiado joven.

Quiero conocer a mi padre, quiero tener por fin a mi familia, recorrer el mundo, hacer esa carrera que me motive y encontrar un trabajo en el que me valoren por lo que sé.

A veces, también siento que todo es un sueño que no debería haber ocurrido. Que todo se va a esfumar. Que todo es una realidad alternativa en la que yo estoy en la parte equivocada de la ecuación. Según el psicólogo, soy una niña que tiene una herida que tengo que sanar. Que lo puedo hacer, pero que lleva tiempo.

En cuanto a Enrique, estuvo llamándome para saber de quién era el hijo que llevaba en mis entrañas, en cuanto a responder o no, le dije que no quería saber nada más de él.

Me sentí satisfecha. Motivada a hacer lo que en realidad quería: hacer lo que mis motivaciones me pedían. Y con ello, algo de terror. Pues estar enganchada a una persona que no te quiere es una tarea difícil, pero no imposible. O al menos, eso me dijo mi psicólogo.

Doy gracias por tener una madre tan comprensiva. Aunque no sea perfecta ni tenga la vida perfecta que todos creen que tengo.

P. D.: Pienso luchar, cueste lo que cueste.

Bekokó

Llevaba semanas asistiendo a clases particulares sobre literatura con un profesor afroamericano, de padre español. El sentimiento de urgencia en querer conseguir mis objetivos, me hacían exigirme más si cabe. A veces, la barrera del idioma eran un impedimento: había olvidado el inglés.

Solo recordaba el castellano, como solo recordaba qué era lo que más deseaba en esta vida a parte de escribir: formar una familia con Destroy, aquella que tanto había anhelado y ahora se avistaba de forma abrupta, al mismo tiempo que no sabía cómo hacer que ambos se sintieran cómodos el uno con el otro.

Necesitaba alejarme de todo aquello. Pensar sola. Poner mis ideas en orden y, sobre todo, pensar en las palabras adecuadas. Aunque, más palabras tendríamos que poner tras el muro de contención que había puesto yo contra Destroy.

Quizá había sido muy tozuda. Puede que el amor que siempre había guardado en mi interior hacia él sí fuera por fin correspondido, bueno, siempre lo fue. Pero por algún motivo pensé que no era así. Ahora estaba segura de que todo cuanto necesitaba eran a mis dos personas favoritas.

Así que hablé con mis padres adoptivos.

No fue fácil contar toda la verdad desde el inicio hasta ahora, pero ellos no parecían sorprendidos.

—Lo sabíamos por tu actitud y porque una de las monjas nos lo confesó. Quizá no de la mejor de las maneras. Realmente nos lo dijo como si fueras una pecadora. Nosotros estábamos contentos con la idea de criaros a las dos. Luego tú te pusiste malita y mis miedos aparecieron. ¿Y si aparecía tu verdadera madre y os llevaba? Estaba llena de dudas y de miedos… —Se sorbió los mocos mientras mi padre adoptivo la rodeaba con un brazo los hombros.

—Entonces, por qué no intervinisteis cuando me puse tan mal con Amoda.

—Amoda tiene el mismo carácter de cuando tú llegaste a casa, Bekokó. Sabía cuidarse sola. Pero Prisci fue quien nos mantuvo al tanto de sus juergas a escondidas, de sus huidas por las noches. Pero nunca nos dijo lo de Enrique porque creía que quien tenía que saberlo primero eras tú, y que debías contarlo tú en el momento y el tiempo en el que te sintieras preparada. Lo que no sabemos es qué vas a hacer ahora que te has reencontrado con tu amor de la adolescencia… ¿Volverás a África o te quedarás aquí y formarás tu propia familia?

—Ente mis planes está el formar mi propia familia. Pero, sobre todo, cumplir un sueño, que nada tiene que ver con lo primero. Por eso, quería avisaros de que estaré unas semanas fuera para poder pensar en lo que quiero hacer con mi sueño, pero también con mi familia.

—Siempre has sido muy independiente. No te da miedo estar sola. Podemos ayudarte a hablar con tu pareja para que no sea tan duro ni tan cortante.

—No creo que…

—Piénsalo al menos. Y por una vez piensa que una ayuda desinteresada no viene mal.

Nos despedimos con la promesa de que lo pensaría. Lo cierto era que no quería que se inmiscuyeran en mi vida. Nunca lo había querido. En cambio, las cosas tomaban otra forma. Si no fuera por ellos, no habría tenido todas las facilidades que había tenido todo este tiempo, y Amoda... a saber en qué condiciones y con qué influencias habría crecido. No quería ni imaginármelo. Por eso, di las gracias al salir al portal del edificio para que mis ancestros me escucharan mientras cerraba los ojos con fuerza, y cogía aire, para encaminarme hacia el coche.

Cogí las maletas y me marché a la montaña. Pues sabía que Amoda estaría bien con mis padres adoptivos.

Incertidumbre y más desconcierto

DESTROY

Siempre he sido fiel a mis sentimientos. Aunque a veces dudara. Sabía que mi destino era estar con Bekokó, pero también conocer a mi hija. Ahora que sé que cabe la posibilidad de que seamos una familia. No sé muy bien qué decisión quiere tomar ella. Sigo con esa incertidumbre de no saber qué va a pasar. Ellas deciden, nosotros acatamos órdenes.

A veces, pienso que estoy siendo un perrito faldero. Otras me siento exultante por haber conseguido al fin estar con la persona que siempre he amado, pese a las dificultades.

Ahora quería conocer a mi hija. Pero Bekokó se ha marchado a aclarar sus ideas. ¿Sobre qué? No sé si sobre nosotros o sobre la idea de que merezca conocer a mi hija.

Me mata el hecho de saber que no he podido cogerla en brazos. Y que es una adolescente que ha debido pasar por unas circunstancias nada agradables. Guardo, desde el momento en el que supe que estaba embarazada mi amor, unas cartas dirigidas al bebé que iba a llegar. Unas comenzaron en el continente, luego en mi búsqueda del amor de mi vida, y otras tantas en el momento en el que por fin supe de la existencia de Bekokó y su paradero.

Ahora que sé que ella es mi hija, nada ni nadie me va a alejar de ella. Sé que cometí el error una vez de dudar en si ir en busca de lo que más amaba. Estaba perdido sin ella. Ella me reconforta; ella me hace mejor persona y, sobre todo, es mi amor de la adolescencia. Creo que muy pocas personas conservan esa pizca de amor del principio, que den todo por esa persona o que sean capaces de esperar para que las cosas se den. Creo firmemente que lo nuestro tiene que ser. Y como muchas otras cartas, que para un hombre podrían ser signo de debilidad, me sincero en canal con mis miedos y mis certezas.

Siempre fue muy independiente y callada. Hasta que no tenía algo claro y seguro, no daba pistas sobre lo que quería hacer. Por eso espero y deseo que todo se dé como espero. Aunque le he escrito al móvil y ella ha sido muy sincera:

«Tengo claras algunas cosas. Antes no lo veía. Creo que he sido injusta contigo. También conmigo misma. Esto me lo debo por los dos, pero sobre todo por mí misma. Creo que, si has podido esperar dieciocho años, puedes esperar un mes más. Sé todo. Besi me lo ha contado. Solo te pido un poco más de esa paciencia que sé que tienes. Pronto seremos un nido».

Sabía que los nervios me comerían por dentro, lo que no esperaba entonces es que su nueva familia intercediera por ella, para presentarme a nuestra hija, en fotos, obviamente, hablarme de ella y, sobre todo, conocerme. Pensé por un momento que aquello era inmiscuirse demasiado, pero quería saber de mi hija, lo anhelaba tanto cómo anhelaba poder, por fin, ser una familia al completo.

En busca de mis sueños...

BEKOKÓ

Era evidente que, desde lo sucedido en mi etapa con la relación de la comida, Destroy por mucho empeño que hiciera, siempre veía algo que no me acaba de convencer. Puede que no dijera nada, pero siempre veía y sabía. Se había convertido en una espiral que hacía que mi dignidad se fuera por el desagüe.

En los primeros días de habernos encontrado, de hablar infinitas horas, de haber paseado bajo las hojas secas que crujían ocres en otoño, de haber comido chocolate caliente y, sobre todo, de haber ido a lugares únicos. Sabía que siempre sería la opción de Destroy.

★★★

Eran noches de cuentos de hadas, a mí no me hacían gran agrado los regalos ni las sorpresas pomposas ni caras. Siendo y habiéndome criado en una familia en la que los momentos jugaban un papel más importante, Destroy jugaba con eso. Me había puesto una minifalda y un escote. Me había acomodado las trenzas, nunca me apetecía maquillarme, pero esa noche dije, ¡vamos allá! Y lo hice, me maquillé.

Comimos en su coche, a la luz de las farolas, con dos hamburguesas, ¿para qué esforzarse demasiado? Mientras subíamos la calle para zamparnos las hamburguesas, una chica pasó por su lado izquierdo mientras conducía y la miro de reojo. Y estaba segura de que le había mirado el trasero. Lo negó todo.

En aquel entonces, comenzaba mis pinitos en la escritura, algunas colaboraciones por allí, otras por allá…

En otra ocasión, me invitaron a una presentación en Sant Jodi. Todo era precioso. Las calles estaban engalanadas de rosas rojas, algunos eran más arriesgados y las ponían azules. La gente salía y se congregaban en sus salas de presentaciones o en la misma rambla, en la que uno podía observar el esplendor de los libros y la gente interesada en aprender, divertirse o simplemente conocer a su autor favorito,

¡Cuánta magia había en ese día tan señalado, ese 23 de abril!

Me pusieron a presentar una antología en la que participaba y él, quizá iluso, no paraba de mirar a una chica a la que seguramente veía atractiva. Ese fue el momento en el que me di cuenta de que nada volvería ser lo mismo: la miraba con lascivia, aunque de reojo para que no me diera cuenta. En ese momento, yo era la última que se había dado cuenta de que él no estaba por mí. Estallé en cólera porque suponía que él había venido conmigo porque, por lo menos, le importaba un poco. ¿Y de qué sirve la importancia cuando no te quieres lo suficiente como para poder batallar esa falta de amor…?

Desde ese momento, me di cuenta de que no me hacía bien. Los viajes, las salidas, los paseos, las conversaciones, los intentos por hacer que funcionara la relación eran inútiles. Me volví irascible, no quería arreglarme, no quería salir. Me enteré de que mi madre pasaba por el peor de los momentos, en el que él estuvo ahí, pero de qué servía seguir si había minado mi autoestima con su desprecio hacia a mí, hacía todo lo que yo era.

Tenía un sueño que cumplir y no estaba dispuesta a dejarlo pasar por culpa de alguien que no me valoraba. Pero lo cierto era que había causado estragos en mi personalidad. ¿Me sentía inferior? ¿Me sentía pequeñita? ¿Qué era lo que me hacía creer que no podía encontrar un hombre que solo tuviera ojos para mí?

Estábamos hartos el uno del otro, pero seguíamos por costumbre, quizá por los momentos pasados. Al final, si analizábamos de cerca cada uno de los encuentros, siempre ocurría algo. Dime, ¿qué chica se siente querida si su chico mira a otra mujer con esa cara de bobo?

A veces tenía la sensación de que el mundo giraba en otra dirección. Yo solo iba detrás. Tuve una pesadilla: alguien me perseguía y quería hacerme daño. Dicen que los sueños son un presagio de lo que ha ocurrido en toda una jornada. Si esa era una señal, lo sería el día en el que soñé con un tigre flaco, porque desde ese momento sentí que había perdido mi africanidad.

Me sentía perdida en un mundo que no me reconocía como la mujer que yo veía en el espejo, y todo por culpa de la autoestima, las faltas de respeto, la dignidad y el querer ser comunicativa. Quería ser aquello que no fui con otros hombres que habían pasado por mi vida sin tocarme. El hecho era que, por muy guapa que me sintiera, por mucho que me arreglara, por mucho ejercicio que hiciera, por mucho maquillaje que me pusiera, por muy lista o poco lista que fuera, más bien era un trozo de carne desechada. Nunca me verían cómo algo valioso. Me había pasado cuatro años soltera para saber que no puedes preocuparte por un hombre demasiado, no puedes darle todo lo que pide. Lo sabía muy bien, pero está claro que él jugaba con ventaja, porque jugábamos al ratón y al gato.

Traté de perdonar las formas en las que nos hablábamos, especialmente yo hacia él. Él, con su condescendencia, todo lo negaba, todo eran imaginaciones mías, todo eran celos. Y sí, eran celos, pero ¿a quién no le gusta sentirse una reina en los ojos de un hombre?

Por lo pronto, no sabía cómo acabar con el lastre que arrastraba para que encima su mala gestión con el alcohol se volviera parte de mi vida.

Cierto día, me di cuenta de que hablábamos de temas muy interesantes. Siempre parecía que quería escucharse su propia voz. No me dejaba hablar. Al final, acababa callando, y no, no debía callarme, lo que tenía que hacer era no callar.

Así era yo: una mujer que creaba su propio mundo de la manera más creativa y sin miedos. Había aprendido a estar sola. Y eso parecía que causaba recelo, sobre todo chocaba con la cultura africana porque «soy porque somos», pero no es que te tengas que casar con todo el mundo, sino que me había encerrado en mí misma, porque el mundo que me negaba él creía que no me lo merecía. Tenía que volver a crear mi propia historia. Por ello, me dije: «Bekokó, ya por tu dignidad, esto debe llegar a su fin».

Y aunque los meses pasaban, siempre había algo que echarse en cara. Estaba harta de tantos miedos, de tantas incoherencias, de tanto miedo al mundo que me rodeaba porque un tipo no quería estar conmigo y lo que quería era sentirse por encima de mí. «No duraría», me dijo una amiga a distancia.

Solía tener una buena impresión desde la distancia, pero a la hora de la verdad, todos tenían su propio juicio sobre mí.

Sabía que era una mujer muy capaz y cualificada, y que, si me lo proponía, podía alcanzar los logros que quisiera. Pero aquello lo sentía dentro de mí, mas no lo creía. Porque alguien que no había tenido ni siquiera la decencia de confiar en mí había hecho trizas todo lo que había construido con tanto esfuerzo.

Ahora tenía una niña. Había desperdiciado tanta vida pensando en el ayer, en lo que podía haber sido, había sido y sería, que no me atrevía a dejarlo ir.

Y me dije: «Cuántos años más tienen que pasar así. Hasta cuando así. La vida pasa, pasa tan deprisa…».

Amoda

Querida amiga:

¿Cómo se vive en una familia desestructurada? Pese a todo, creo en mi madre, que siempre estuvo a mi lado. Pero… si nunca hubo un padre, para qué hacerlo presente en mi vida si nunca estuvo. Padre es el que cría, no el que engendra. Estoy harta de repetírmelo una y otra vez y, aun así, haber conocido a mi padre me ha llevado a viajar por el mundo.

Le dejé una nota a mi madre:

«Madre, al igual que tú, debo buscar mi destino, mi *flow* y mi libertad emocional. Necesito ver mundo; necesito abrir los bronquios y abrirme a este vasto e inmenso mundo para desaprender. Un poco por mi emocionalidad, y otro poco por mi orgullo. Me niego a ser la chica que se queda sentada a ver cómo se hunde en su miseria. Sé que sabes que estaré bien. Además, ahora trabajo remotamente y la sostenibilidad económica no me hace precaria. Gracias por los estudios, por el cuidado y por estar presente en este camino. Ahora, debo recorrer el mío propio».

Sabía que era una locura, irme sola al extranjero y volver cuando ya estuviera satisfecha. Hubiera saciado mi hambre cultural por la vida de lo que yo llamaba «ausencia del olvido». Yo también necesitaba recordar quién era, porque se me hacía un nudo muy grande apenas pensarlo, sentirlo y casi podía palparlo. El miedo no me sometería.

La culpa también la tenía un amigo llamado Níger, aunque no sé muy bien por qué le apodaban así. Negro era una cosa, pero la forma de decírselo era otra. Ambos sabíamos que la palabra negro designaba muchas otras formas de nombrarlas, pero en vez de quedarnos con el libro de texto, queríamos confirmar de nuestra propia mano la historia negra. No para presumir ni por privilegio ni para echar la foto, sino para confirmar lo que ya sabíamos. Éramos dos almas con sed de ver mundo, y ahí íbamos.

¿Éramos almas libres?

Pronto lo sabríamos.

Besi y Bekokó:
la llamada de una vieja amiga

A veces creía que giraba en una espiral, esa que tanto he recordado, y todo me daba vueltas. Porque no sabía cómo afrontar la partida de mi hija y, sin embargo, se iba a Guinea con Besi y su amigo «Níger».

Aunque no sabía por qué seguían llamándolo así, sabiendo que su nombre real era Juan Carlos. Un chico muy disciplinado, responsable, precavido y para qué negarlo, bastante aventurero.

No me preocupaba a donde fueran, sino si en ese viaje ocurría algo que dejara tirada a Amoda. O si, por lo que fuera, ella volvía a quedarse embarazada. Por suerte estaba muy bien acompañada con Besi.

Antes de partir, tuvimos una gran charla de los momentos en los que éramos jóvenes, nuestras travesuras, y cómo lográbamos solventar muchas de las ideas locas que a veces se nos ocurrían. Me juraba y me perjuraba que estaría en buenas manos. Pero yo solo podía pensar que estaría lejos de mí, ahora que todo se había revelado.

Es curioso como incluso cuando crecen, dejas un gran espacio incesante en el que no puedes dejar de preocuparte. Es un sentimiento, cosa o ente que está dentro de ti y que no puedes deshacerlo como si fuera sal en las manos.

El cordón umbilical se cortaba por un largo periodo de tiempo. Es cierto que sentía miedo, pero también me sentía orgullosa de que ella no lo tuviera.

Desde ese momento, las llamadas los fines de semana no cesaron con novedades, información nueva y, sobre todo, con aventuras locas y momentos divertidos. Eso me tranquilizaba y me daba paz. Luego de hablar con Amoda y dejarle claro a Juan Carlos que, si la dejaba embarazada, le cortaría yo misma la virilidad. Se lo hicieron saber a los lugareños de la isla de Bioko, que con la diversión y jovialidad de la joven Amoda, se había ganado al pueblo. No sin antes haber pasado por la prueba de la forastera española.

Eso nunca le molestó a Amoda, sabía cómo era ella y cómo debía actuar no solo por su madre, sino por Besi y mi madre.

La familia realizó una gran fiesta que duró una semana, recorriendo todas las casas para que le dieran la bendición. Pero comenzaba a pensar que quizá debería volverme yo también. La nostalgia, el amor incondicional, la familiaridad. Entonces fue cuando volví a pensar en mi futuro, ahora que mi única hija no estaba.

El sueño

BEKOKÓ

Comencé, al igual que mi hija, a investigar sobre la historia de África. Tanto ella como yo intercambiábamos momentos de risa, así como datos, como el hecho de que las primeras civilizaciones surgieran incluso alrededor del siglo 700 de la Edad Antigua.

Los momentos íberos se remontaban en la península a un sinfín de mestizajes en los que «afro» era todo lo que designaban negro, perteneciente a lo africano. El blanqueamiento de algunas de las figuras que, en mis libros de textos, no se daban a conocer, pero que ahora con las llamadas y las cartas, podíamos atestiguar.

Los primeros documentos datan del siglo XV, pero los romanos, al no interesarse por los nombres, sino por su carácter y haceres, los denominaban según sus formas de comportarse. Cabe decir que la invasión árabe en España, según explicó un historiador al que seguía en redes sociales, los llamados «moro», que proviene del «amasijo» y significa negro.

Igual que la historia, la Edad Media y llegados a nuestros tiempos, siempre hubo personas negras. Mezcladas o no, provenimos de lo negro y de lo africano. Pero que, del blanqueamiento y la ocultación de la iglesia, solo hacía falta designar ciertos patrones, que costaron muchísimo contextualizar.

Juan de Pareja es el más conocido. Mi hija me invitaba a conocer a más.

Navegaba por la red creando mis propias historias. Pero no quería centrarme en la historia, sino en los hechos, y aquello requería de formación, estructura, gramática y estilo, entre tantas formas de hacer.

Acudí a clases arduas en las que sumaban tarde y noche, pero nunca olvidaba la llamada de Amoda y de Besi. Hasta que mi madre biológica intervino muy frustrada, pero con amor y algo de tristeza.

—No he sabido nada de ti. ¡Gracias a las Diosas estáis bien!

—Yo…

—No me lo vuelvas a hacer nunca más.

—Mamá… —Sabía exactamente cómo podía sentirse, así que no hicieron falta más palabras. La voz me temblaba.

★★★

Cierto día, sabía que tenía medio mes para acabar los exámenes y decidí estudiar todo lo que podía mientras practicaba y leía. Pero en vez de leer todos los libros recomendados, también miraba referencias que hacían de ella la africanidad o su parte negra. Al igual que mi hija, me interesaba poder saber ambas partes, para sacar mis propias conclusiones.

Esto me llevó a tener una visión solo un poco más amplia de lo que significaba estar en España, sabiendo que Amoda se enfrentaría al legado familiar.

Estudiaba todo lo que podía e intentaba crear microrrelatos, relatos y hasta relatos largos. Algunos alumnos lo tachaban de demasiado emocional, demasiado extenso o descriptivo. Muy poca profundidad, pero es que no necesita ser todo contado. Solo lo preciso.

Los profesores veían mi ahínco. No dudaba en hacer oídos sordos para aquellos que simplemente no estaban destinados a evaluar la prueba final. En cambio, tomé nota para futuras escrituras. Pero por lo pronto, allá por el siglo XX los libros estaban plagados de erratas, al menos en España.

No entendía entonces, porque esa altivez de uno de los compañeros que se pasó más de dos pasajes descriptivos y con un amasijo de palabras cultas que pareciera que quisiera demostrar algo. Creía y creo en las cosas sencillas, pero bien hechas. Se puede llegar al público con un lenguaje formal y culto, pero lo siento mucho, si el público no te entiende, ahí hay una falla. Y por lo visto, había mucha gente que, por lo general, me miraba con recelo, quizá por hacerlo de otro modo o por no seguir ciertas reglas a la perfección. Sabía las bases, pero yo creía que era como un postre, cada uno podía hacerlo de distinta manera, es el mismo postre, pero cada uno sabe de una manera. ¿Qué mal había?

No me preocupaba ya la nota final. A veces una tiene que hacer lo que tiene que hacer. Así que me ceñí a mis palpitaciones, según mis aprendizajes durante el curso, porque el estilo de cada uno quedó marcado para siempre.

Y lo cierto es que el profesor Alfredo nos dijo:

—A lo largo de vuestra vida y trayectoria, vuestra forma de escribir variará, y eso no es malo. Estáis aprendiendo y entrando en otra etapa que no es ni mala ni buena. Es distinta.

Pensé en qué ocurriría si nos daba un bloqueo del escritor o lector. Creo que aquello nos preocupaba a todos. Pero nos dieron una serie de herramientas que seguí al dedillo.

★★★

El día del examen resultó ser un fiasco, desde mi punto de vista. Había respondido todo, pero temía que me vieran como una soberbia. Sentí cierto remordimiento. No había llegado hasta aquí para rendirme, por otro lado, esperaría a ver los resultados y saldría de dudas.

Mientras tanto, el blog funcionaba. A algunas personas les gustaba las herramientas del curso, a otras les parecía una necedad.

Hubo comentarios de burda y otros en los que me llamaban incompetente.

Ahora que sabía que gustaba y era odiada al mismo tiempo, decidí enseñárselo a mi compañera de clase. En un intento por saber su opinión, sin que me conociera lo suficiente. Ella me dijo que tenía mucho talento.

Virginia, una talentosa, reivindicativa y apasionada del misterio y del crimen. Tenía claro que género debía escribir. A veces me parecían un poco escalofriantes los datos que contaba, como la historia de Michael Jackson y su *Annie, are you Ok?*. La historia radica en una mujer cuyo rostro era tan bonito que después de morir la expusieron en un museo, poco después, si te fijas en los maniquíes que se usan en los casos de maniobra, todos tienen la cara de esa mujer. Se llamada Annie. Por eso, Michael Jackson lo utilizó como para hacer acopio de lo escalofriante. La verdad, lograba quitarles la gracia a las cosas y al mismo tiempo sacarme una risa.

¿Cuál era mi género? Me gustaba la ciencia ficción, pero no sabía tanto. Me gustaba la fantasía y siempre me dejaba un regusto a más. Alguien apuntó hacia la distopia, pero no hice caso. Creo que la literatura es un vasto mundo libre. Y yo quiero probarlo todo hasta encontrarme.

★★★

Llegado el día los resultados, antes de ir al ordenador para saber la nota, ya llevaba tres meses publicando relatos y microrrelatos en el blog. Sentía cierto orgullo, porque algunos blogs no duran tanto. Pero lo cierto era que un café no me entraba a esa hora. Conforme miraba mis escritos, sentía cierto miedo. Así que repasé los comentarios que me habían dejado. Los apuntes del curso para verificar y tomé la decisión de que llamaría a Guinea, fuera la hora que fuere, porque estaba tan nerviosa que me puse a limpiar el comedor, hice la colada de un mes y doblé ropa para aburrir. Lavé platos y ollas. Ordené y limpié el polvo de arriba abajo. Creía que limpiar tanto me dejaría exhausta, pero seguía nerviosa. Faltaban dos horas para que subieran las notas a la plataforma. Mientras me tomaba una infusión, llamé a Guinea para saber de mi familia.

El poema final

BEKOKÓ

Amoda volvía por Navidad unos días, y estaba ansiosa, nerviosa, alegre, triste, todo era una coctelera al mismo tiempo.

Sin embargo, la nota la sabría una vez acabara el verano, porque a los profesores no les había dado tiempo a corregir a todo el alumnado. Por eso, y porque ahora todo iba informatizado.

A veces, pensaba en Destroy no como forma de añoranza, sino en cómo podíamos haber malgastado nuestros mejores años en memeces. Al mismo tiempo, había un hombre al que le había echado el ojo. Él parecía interesado, yo, aunque sabía que podía haber algo, me sentía perezosa: volver a presentarse, conocerse, saber si esa persona era emocionalmente sana, si encajaríamos y, por el camino, se irían las ganas de querer seguir o intentar algo siquiera. Porque lo que yo quería y ansiaba era acabar el curso para poder escribir. Había dedicado toda mi vida a un sueño que me rondaba tanto en la cabeza, en el alma y hasta en los poros. Solo pensaba en mi propio bienestar, porque cuando una se olvida de una misma, ¿qué ocurre? Miras hacia adentro y todo lo del exterior no te afecta. Había pasado solo un año, pero era pronto para decidir si quería apresurarme hacia una relación.

Ahora, este nuevo hombre me colmaba de halagos a los que asentía y agradecía, pero no creía, porque todo hombre está a prueba, y hasta que no pasara unos largos meses, mi libertad era mía.

Asentía a los planes y otros decía que estaba muy ocupada. Y era cierto, quería aprender a hacer vitalif otra vez porque Besi vendría con Amoda. Otros días, me los tiraba en el cine sola viendo cualquier película. Lo disfrutaba mucho, era uno de los placeres que más agradecía, sin distracciones ni miedos ni planes que arruinaran el momento. Ahora bien, no era una mujer de hierro o roca. Tenía mis necesidades, así que, seguí hablando con Jordi, quien era un secretario de una inmobiliaria que había ascendido a jefe porque su familia vivía del negocio. Era muy culto, pero para otras cosas era muy tajante e insensible; tenía ataques de ira, debía alejarme de él y eso hice.

—Mira, creo que es mejor que seamos amigos.

—¿Acaso es que no te gusto?

—No eres mi tipo.

Sin decir nada más, dejé de hablarle y me puse a hacer otra cosa. En cierto modo, le entendía, porque todos tenemos nuestros traumas: con Destroy era yo la que estaba molesta con el mundo y conmigo misma. Pero el amor no es aguantar, es respetarse. Y si el respeto se destrozaba, tanto de un bando como del otro, ya no hay nada que pueda recomponerlo. Para qué quería llegar a recomponer a aquel hombre que no sabía lo que quería, me acabaría convirtiendo en su madre y sería yo la que saldría escaldada.

★★★

«*Nuestros sueños se construyeron en el continente africano.*
A veces pienso en ese momento. A veces pienso en nosotros.
A veces soy yo. A veces tú.
En suelo occidente.

Mis sueños se elevan hacia ti.
Sueños son más el corazón sabio late con el nombre, con
la fotografía y hasta con la presencia.
¿Crees que el amor está hecho de trocitos de sueños que
construimos juntos?».
Destroy (tuyo soy)

Al leerlo creí que se me saldría el corazón, pero sabía que aquello no funcionaria. Dos personas que se han herido mutuamente. Quizá si el destino lo quisiera, si las musas o las ninfas estuvieran de nuestro lado, juntarnos sería la bendición y la gloria. Aunque creo que aquello solo reviviría viejas heridas del pasado.

Aferrarse a los recuerdos buenos es bonito, pero cuando se han roto tantas reglas en el amor, ya no hay nada que hacer.

Estaba segura de lo que pensaba, tanto fue así que no contesté. La Bekokó de antes habría argumentado, buscado motivos por los que poder estar mejor, pero la de ahora no. Simplemente se evaporaría en el tiempo mientras se tomaba una copa de un vino llamado Ninfa.

★★★

Las notas habían llegado por fin. En un intento por levantarme tras haber bebido vino, fue una noche loca, traje a un desconocido y nos enrollamos. Esa misma mañana le dije:

—Recoge tus cosas y vete.

No necesitaba que me llenaran los oídos con zalamerías y promesas que no iba a cumplir. Así que fui tajante. Sabía que era mi casa y había desarrollado un carácter que había forjado en pleno epicentro de mi recuperación hacia lo que había vivido ese año.

Vi el correo y mis ojos, ojipláticos, dudaban entre si abrirlo o no. Di varias vueltas de un lado a otro, encontrando la manera de encajarlo. Inventando escenarios posibles. Si era un suspenso no me lo perdonaría, por lo tanto, no habría superado el curso; o una nota demasiado baja, con la que sentiría que sería un ultraje. ¿Pediría una segunda revisión? Mientras que una buena nota, significaría que habría superado el curso con creces, y, aun así, no sabría si creer que eso fuera posible.

«Por qué dudas tanto», pensaba.

Era un salto hacia lo académicamente correcto y lo que no. Solo hacía que sintiera que una: estuviera dentro; dos: me sintiera fuera; tres: no me encontrara a mí misma.

Así que llamé a Prisci, pese a los años que habían pasado y los malentendidos que hubo en el pasado. No pude articular palabra. No pude decir ni una vocal o una consonante, nada.

A la hora y media, alguien picó al portero.

—Ya te he dicho que te marcharas, no puedes simplemente… —Me interrumpí, puesto que era Prisci.

—Me tenías preocupada. ¿Ha ocurrido algo? —dijo con cara de pocos amigos.

—No… —dije desconfiada.

—Vamos, lo que ocurriera en el pasado es pasado —bufó y dijo—: Además, Aka, ya no está conmigo. Me dejó y se fue a recorrer el mundo. O eso dijo.

—¿Ah sí? —dije estupefacta.

—¿Vamos a estar más rato en la puerta o me vas a dejar entrar?

—Perdón, entra.

—Vaya, parece que tu casa ha adquirido forma de templo. ¿Cuánto hace que no ves a tus padres? —quiso saber. Yo le miré con cara de pocos amigos—. Me refiero a tus padres adoptivos.

—Ellos lo comprenden.

—No, ellos te dieron un hogar y una familia que habías dejado por… —la interrumpí.

—Has venido a reprocharme cosas porque si es así, no eres la más adecuada para ello.

—Perdón… solo quería decir que ellos están también preocupados por ti. Lo último que saben es que comenzaste un curso y que Amoda se fue, lo que no sé es a dónde —yo resoplé; no me apetecía hablar de eso—. De acuerdo, ¿qué te ocurre?

—La nota final.

—¡Ah! Ya veo, te da miedo saber qué nota has sacado, ¿no es así? —Asentí—. No te preocupes, seguro que es una nota genial; y si no, ¡al diablo con los académicos!

Aquello me tranquilizó un poco, pero lo cierto es que me inquietaba saber que Prisci, pese a que había sido yo la que había llamado, se hubiera presentado en casa después de un año sin dirigirnos la palabra. Comenzaba a pensar que esto era un sueño. Tal como el poema.

Abrí una copa de vino y la invité a comer. Estuvimos en un silencio incómodo que ella deshizo recordando los momentos en el hospital. Para luego pasar a ver nuestro musical más debatido: *La La Land*.

Ese fue el detonante de una larga conversación que se fundió con canciones que no tenían nada qué ver, pero que eran de musicales, como de *Grease*, *Tristana*, *El Rey León* o los chistes malos de Prisci.

★★★

Pese a que el correo no lo habíamos abierto, una conversación, un vino y una larga llorera hicieron de nuestra nueva amistad algo nuevo. No sabíamos si sería más resistente, pero lo cierto era que todo cuanto habíamos puesto de nuestra parte, a lo largo de nuestra vida, no íbamos a permitir que se dañara por la visita inesperada de un hombre que no nos había tratado como lo que éramos: mujeres con mucho potencial.

Prisci me explicó que había comenzado a trabajar desde casa y que le alucinaba la cantidad de cosas que estaba experimentando. Era duro, sí, pero por fin era su propia jefa, su propia forma de convivir consigo misma, a la vez que no dependía de una empresa.

—Mi pequeña empresaria, sé que lo harás muy bien.

—Eso espero, y más me vale, porque ahora tocará pagar muchas cosas. Y no dependo de nadie.

Me sentía orgullosa de mi amiga, que, además, antes que nada, había ahorrado lo suficiente como para permitirse estar en casa. No tenía hijos, tenía una casa propia y me decía que, a este paso, adoptaría un gato como hijo.

—¡Al diablo con los hombres! —Nos deshacíamos en risas.

Caminamos largas horas por Glòries. Para apaciguar mis nervios, miramos tiendas. Por fin parecía que ya estaba más tranquila, después de tres días en los que mi mejor amiga reencontrada, comenzó a persuasivamente, hablarme de lo orgullosa que estaba de mí, que era una nueva etapa.

—Este examen no determina tu cualificación como escritora, sino que te hace experta en las herramientas que te han proporcionado. Y si de ser que no es la nota que has estado esperando.

Pues a seguir intentándolo en otro sitio. —Posó una mano en mi hombro—. Estamos contigo pase lo que pase.

Abrí el correo, las cualificaciones en cada tema me cualificaban para cada área estipulada en el curso. Y para mi sorpresa, ¡había superado el curso satisfactoriamente!

★★★

Barcelona es un atolladero de gente. A decir verdad, nadie fija su mirada en lo que haces; es en los pueblos donde reside la olla a presión. Estando en un pueblo apartado de la madre de Dios, comencé a dedicarle tiempo a la búsqueda de un trabajo de nuevo, debido a que los ahorros no duran para siempre. Pero antes, tenía que hablar con mi familia adoptiva.

Conduje hasta casa de madre y padre. La sorpresa que llevaba conmigo era el certificado que acreditaba mi superación del curso. Seis largos meses para poder continuar mi trayectoria. El nuevo blog hacía de las suyas, algunos habían hecho acopio de que no tenía idea alguna de lo que hacía. Sinceramente, me importaba muy poco. Ahora sabía que empezar y acabar algo tenía un precio invaluable.

—Nunca dudamos que no pudieras aspirar a conseguir este curso —dijo madre.

—¿Por qué esa cara de pocos amigos? —añadió padre.

—Creo que aún tengo que aprender más y, sobre todo, siento que me he alejado lo suficiente de vosotros como para que dejéis de sentir cierto aprecio. Sois…

—Sabemos que eres una mujer independiente. No nos preocupa que no nos cuentes todo en detalle, lo que nos preocupa es tu felicidad.

Nos fundimos en un abrazo grupal que me reconfortó de tal manera que estaba dispuesta a trabajar el doble si hacía falta. A veces, solo hace falta comentar, hablar de lo que uno siente, aunque no se vaya a arreglar el mundo, sentirte apoyada, querida y, sobre todo, sostenida.

Nunca habían dejado de quererme, de apoyarme, y yo, sin embargo, me alejaba como si fuera una chica huérfana sin amparo. Es bueno dejarse ayudar.

Me fui lejos, paseando por las calles. Sabía que encontraría inspiración. Pero, de nuevo, se sucedía la intromisión de los pensamientos: «Eres insuficiente», «ha sido suerte».

¿De verdad eran algo verdadero esos pensamientos?

Nada ni nadie podía negar, excepto yo, misma el ahínco que le había puesto a aquello. Todas las noches que había dedicado a estudiar, a realizar los ejercicios, a asistir a clase y, sobre todo, a poner en práctica lo aprendido.

Esas voces, estaban saboteando lo que en realidad significaba todo el recorrido, y no iba a dejar arruinar ese pensamiento por ninguna de las frases que mi mente inventara.

Así que, para estar segura de que todo lo que había aprendido era producto de un gran esfuerzo, seguí en formación. Eso me llenaba mucho.

Inicié mi camino, al mismo tiempo que la búsqueda de empleo, pero estábamos en 2024 y acababa el año, los únicos trabajos que pude encontrar fueron de administrativa y en los almacenes para cargar paquetes en la campaña de Navidad.

Definitivamente, pagaban mucho más en los almacenes. Y decían que se acercaba una crisis muy fuerte. Pero… ¿quería verme estancada u obligada a permanecer para siempre en un mismo trabajo que no sería estable? Decidí escoger el trabajo por el dinero, pero me mudé de nuevo a casa de mis padres adoptivos. Ellos, felices de tenerme cerca y al tanto de todo lo que iba consiguiendo.

Entre vinos y notas

BEKOKÓ Y PRISCI

Los momentos con Prisci y mi familia adoptiva me conferían una sensación incómoda a la que no estaba acostumbrada. ¿Era amor? ¿Sentimiento de pertenencia? También sabía que mi vida no había sido la más usual, pero que, a pesar de haber migrado y haberme perdido a mí misma, me recordaba como una chica temerosa con respecto a la comida, indefensa, pero segura, inconsciente de que, si adelgazaba, agradaría a todos. Y creo que, en ese momento, en algún lugar del mundo habría alguien como yo, que habría pasado por lo mismo que yo. Por eso, entre vinos y notas que había decidido compartir con mis allegados más cercanos, nos enzarzamos en una conversación íntima para la cual no estaba preparada.

Los sentimientos de mi madre adoptiva, sintiéndose mala madre y siempre con el miedo a que la dejara y volviera a África, a que olvidara todo lo construido aquí. Sabía que había sido injusta, Prisci, que había pasado por lo mismo, o casi, me lo recordaba siempre que se avecinaba la ocasión. Aquella reunión estaba llena de emociones y valores que destacaron de nosotras, no solo de mí misma. Resaltando todo aquello en lo que habíamos mejorado, las pérdidas y todo lo relacionado, con la lucha interna que había gestado durante tantos años.

No era malo comunicarse, pero sentía que me hacía vulnerable. Por primera vez sentí que me acogían.

Pero aún era rehacía a tomar la decisión de dar todo el amor que tenía. Sabía que había cometido fallos importantes., no los negué, sino que los acepté sabiendo que me sentía culpable. Ese fue un gran paso para mis padres adoptivos, que me depositaban aún más amor si cabe. ¿Era merecedora de ese amor?

—Por supuesto, todos merecemos ser amados. Pero cuando uno se quiere así mismo por lo que es, y no por lo que esperan de ella, es mejor —dijo madre.

Sabía que era así, pero no lo acababa de creer, puesto que era más fácil decirlo que hacerlo. En ese momento, pensé en mi vida, y como si me lo hubieran deducido…

—Mírate, aunque siempre has sido muy independiente, dabas palos de ciego. Ahora estás con una niña, una alegría, cruzando el mundo y tú creando un sueño que tenías desde que aprendiste a escribir. ¿Cuántas personas pueden decir que hacen lo que les gusta?

En realidad, me sentía pletórica por poder escribir aquello en alguna nota de mi cuaderno. Comenzaba a verme como la persona que era, y no como creía que me percibían. A veces, hacen falta conversaciones incómodas para poder llegar al meollo de la cuestión. Con todo en la mesa. El vino hacía su efecto, un verdejo; la brisa del invierno se había apiadado un poco de nosotros, que estábamos resguardados con nuestras chaquetillas y la carpa. La charla se alargó entre risas y bromas. Al final, entre lo que solía hacer mientras estaba en fase de mal estado: mirarme mucho al espejo, pesarme cada día, medir la comida, mirar las calorías; lo comparaban con cómo lo que llevaba ahora, que me comía filetes de carne sin remordimiento, sin acritud y sin lamentos. Lo que querían mis padres.

—Nosotros con verte feliz ya somos felices contigo. Porque una vida en la que no se ha sido feliz, no es vida.

Y, al mismo tiempo, recordaba a mi madre biológica, a la que había mantenido al margen para no herirla, para conseguir un sueño que comenzaba y que justo ahora se veía reflejado. «El dichoso correo tenía que abrirlo cuando mis padres adoptivos se fueran a dormir», pensé mientras disociaba en lo que podría ser. Mis padres me abrazaron y me dieron las buenas noches, a mí y a Prisci.

—Tenemos que abrir ese dichoso correo. Ya ha pasado una semana, casi dos. Sea lo que sea, tienes que saberlo —apremió Prisci.

—Y tu curiosidad no ha decrecido desde nunca —ríos de risa nos llevaron a mi cuarto para ver de forma discreta el dichoso correo, ¿o debería decir maldito?

Juntas los abrimos. Yo cerré los ojos. Prisci en cambio, leyó hasta la última letra escrita, y no pudo evitar emitir un chillido de alegría. ¿Eso debía ser bueno?

—¿Qué ocurre?

—¡No solo has superado todas las materias, sino que te recomiendan estudiar en otro centro a fin de seguir formándote, animándote a no parar! —Yo solo había oído «no parar» de lo nerviosa que estaba, así que leí el boletín de cabo a rabo y fui yo la que estalló en risas, alegrías y emoción. Me sentía con un chute de adrenalina y motivación. No cabía en mí misma.

Henchida, seguimos con otra botella, pero esta vez celebrando el logro hacía la formación continua.

La voz de las voces

BEKOKÓ

Había decidido subir de categoría, ¿me estaba apresurando? Mientras tanto, Jordi rondaba por mi cabeza como si hubiera hecho algo malo. Me enviaba mensajes que yo no contestaba, pero ya había decidido que no quería seguir adelante. En cambio, sí podía hacer eso que me gustaba tanto: salir a ver exposiciones.

Creo que, esa noche al ver lo que aquella exposición me ofrecía, encaminada en la violencia física, los miedos y la somatización, sentía que habían sido demasiadas emociones para mí.

Entonces, fui a una cafetería y me pedí un café. Quizá no era la bebida más tranquilizadora, pero me apetecía. Estuve rememorando la trayectoria, ¿había llegado hasta donde estaba por casualidad o era cosa de suerte? Algo o alguien me estaba ayudando, pero qué era...

«No vales para nada». «Eres una vaga». «Nadie te quiere».

Habían elegido el peor de lo momentos para dedicar mi mente a recrearse en lo fatídico de lo que más miedo me daba. Porque los pensamientos son un reflejo del miedo y de lo que lo ha alimentado todos estos años. Aunque fuera muy decidida, siempre luchaba contra lo que «debía ser». Pero... ¿Cuánto de aquello era verdad? Si seguía haciéndole caso a ese atolladero de pensamientos, entonces, ¿Me paralizo? ¿No hago nada? ¿Dejo correr mi vida? Definitivamente, yo sabía que había estado esforzándome mucho, sentí la presión de mi pecho, como iba decreciendo mientras salía del museo MACBA. Sabía también que era un hecho, que las personas negras, por lo que fuera, una especie de sistema estructural, tenían que esforzarse el doble o el triple para conseguir algo que a las personas blancas se les daba casi sin esfuerzo. Y entonces, me fui a un parque alejado.

Leí en internet, estando en Barcelona, que lo que me ocurría no era otra cosa que el síndrome del impostor. En ese momento, y habiendo recuperado mi estado respiratorio al normal, decidí irme a casa. Había superado el ataque de ansiedad como un logro más que añadir al carro. ¡Eres fuerte! Pero en ese trajín de gentío, un hombre se empeñó en mirarme fijamente, en decirme lo guapa que iba, en mirarme con la intención de algo. Una chica que estaba justo dos asientos más al lado de mí, se percató de lo que sucedía. Mi incomodidad era evidente.

—¡Qué pasa aquí! —apostilló la chica a la que acaricié el brazo. La siguiente parada ya era la mía.

El corazón es el único órgano que siente todo desde el primer momento, pero luego la barriga, el estómago, los sentidos y una amalgama de revoltijos, me hicieron vomitar en la estación. Nadie me ayudó, nadie vino a socorrerme. Me limpié cómo pude y me senté en el banquito de mármol, o puede que fuera de hormigón barnizado. Fui hasta Renfe y compré toallitas de bebé perfumadas. Poco importaba. Ahora estaba más preocupada por el olor que pudiera desprender, debido a que mis zapatos estaban ligeramente mojados de una pasta con grumos que hicieron de la experiencia aún más desagradable en el bus, cuando abrieron la ventanilla, me sentí mal; mal era poco. Humillada.

No lloré, no instalé cara de enfado; simplemente me puse los cascos y miré por la ventanilla el paisaje. Cuando llegué a casa de mis padres, lloré en mi cuarto. Sabía que querían verme bien, así que era una mujer adulta para sobrellevar los problemas del profesorado, mis problemas cognitivos y hasta para hacer mi vida sola… ahora tocaba aguantar.

Porque, probablemente, lo que me haría deshacerme de aquello sería escribirlo. Así lo hice, hasta altas horas de la madrugada, subiéndolo como si fuera un relato de misterio y terror.

Prisci me preguntó esa misma noche, que si había leído algún libro de terror, o simplemente era porque quería cambiar de estilo. No le contesté en ese mismo momento. Quizá otro día, con otra vibra, con otro *flow*.

★★★

Esa misma mañana cuando desperté me daba miedo a mí misma. Mi aspecto no era el de siempre, Pero puse mi mejor sonrisa y me maquillé para tapar esas ojeras. Me dispuse a tener un buen día por mis padres, por mí y por Prisci.

—Has estado escribiendo una nueva historia, ¿eh? —dijo padre.

—Sí, cosas de escritora. —Le quité importancia al hecho de que el maquillaje no había hecho su efecto.

—Por qué no te tomas este día de descanso, cariño. Sé que el trabajo de ser escritora es apasionante, pero también puede ser desgastante si no te cuidas —me aconsejó madre.

—Puede que tengas razón —sopesé.

Esa tarde la dediqué a seguir con la larga lista de libros pendientes que tenía para dar rienda suelta a la imaginación. Tomé ponche, hablé con Amoda, que dentro de poco estaría en

Barcelona. Estaba en Madrid. Tan cerca y tan lejos. Me alegraba que estuviera bien. Sentí regocijo.

Así que me dispuse a mirarme al espejo de nuevo. No había manera, las ojeras estaban ahí. Así que decidí irme a dormir temprano para tener un sueño reparador. En vez de eso, sentí que a Amoda podría pasarle lo mismo. Así que estaba preocupadísima. La llamé por teléfono para saber que estaba bien. Le puse de excusa que tenía que descansar mucho para las fiestas navideñas, porque lo pasaríamos muy bien.

Por primera vez, mi hija me llamaba pesada. Pero ella no entendía que las madres somos así. Cualquier cosa que vemos que nos preocupa, lo hacemos mil veces más grande, porque ya lo hemos vivido y sabemos ver más allá de lo que sucede a simple vista.

No me enfadé, pero sí sentí que ya no me necesitaba y que se hacía mayor.

«Eres una mala madre». «Eres una mala hija».

Esta vez, no sabía qué hacer, excepto ver películas en la plataforma de moda, y darme a los brazos de Morfeo cuando el sueño me venciera.

Mi madre adoptiva estaba preocupada porque no dormía apenas, pero aquella noche dormí como nunca, hasta la hora de comer. Se notaba en mi ánimo. Estaba más dicharachera, sonriente y habladora. Volvía a ser la misma. Y eso me gustaba.

Aunque el sentimiento en el estómago no desaparecía. Y no sabía por qué.

Momento de resiliencia

Había estado evitando a Prisci, pero ella es muy avispada. Quedamos para ir comer y la puse al corriente de todo.

—¿Realmente crees todo eso?

—Sí, mi mente lo dice… —me apresuré a decir.

—Para empezar, no has tenido una vida fácil. Otras personas en tu situación habrían cometido una locura o se habrían echado a la bebida. En cambio, criaste a una hija sola, con las herramientas que tenías y que tienes. Lo has hecho lo mejor que has podido, y eso nadie te lo puede negar, porque la has parido, la has criado. Yo he visto cómo has tenido que sustentarla y he visto sus problemas y alegrías. Amoda te quiere mucho, y sí, estabas muy inmersa en tu mundo, pero quién no lo estaría con esta dichosa sociedad que cada vez nos absorbe más en la individualidad.

—Pero siento que… —me interrumpió.

—¡Al diablo con lo establecido! Quieren madres perfectas, personas perfectas, emocionalmente sanas, y luego te echan su mierda todos los días. Hay gente que no puede ni comer en este momento, gente que no puede conseguirse una casa, gente que lo ha perdido todo. Vamos, ahora no me digas que ya no piensas en eso. Lo recortes en el hospital de los periódicos sobre diarios sensacionalistas que nos motivaban a seguir adelante. No sé por qué no hablamos más de eso… —Suspiró—. A veces creo que te subestimas mucho. No tienes que hacer lo correcto, ni aquello que deberías hacer, tienes que ser tú con tus fallos y tus aciertos. Y a todo esto… yo también tengo un gran problema, pero no te lo he contado porque me parece un poco de mala educación.

—Jolín, Prisci, pareciera que no me conocieras. ¡suéltalo!

—Destroy revolotea por Barcelona, y no en muy buenas condiciones. Le di dinero, pero, no sé qué hará con ese dinero, si dormirá en algún lugar o cómo.

—¿Por qué me cuentas esto? —Dolida, aparté la bebida y la comida, se me había hecho un nudo en el estómago.

—Porque siento que es el padre de tu hija, y te niegas a darle una oportunidad, pese a lo que pasó. —Avergonzada, pidió la cuenta, alegando que tenía que trabajar mucho ese martes y que hablaríamos por la noche.

Yo ya estaba traspuesta. Decidí que sería mejor hablar en su casa en lugar de por teléfono. Siempre venía ella a mi pueblo. Así que era justo conducir hasta su zona.

VIEJOS SENTIMIENTOS

Una y otra vez, Destroy vuelve como un espectro. Sinceramente, no tenía ganas de pensar en qué le había llevado a estar con Prisci o con cualquier otra mujer. Pero sí me gustaría saber si estaba bien. No era una desalmada, todavía me importaba. Eso seguro.

Así que, llamé a su viejo número de teléfono y entablamos una conversación en la que lo noté tomado y algo alterado. Decidí hacerle una invitación por cortesía, para que viniera a mi casa a descansar, pero con la única condición de que viniera solo. No se opuso y asintió. A las doce de la noche apareció con la ropa roída, lleno de tierra, más delgado que de costumbre, muy desmejorado. Aquello me impactó. Su mirada denotaba haber sido castigado; miraba al infinito y no a mí.

Le invité a que se duchara y a que se pusiera su ropa. Ropa que no me había atrevido a tirar y no sabía por qué.

Le ofrecí un vaso de leche con miel. Estuvimos hablando de trivialidades hasta que le pregunté por qué había llegado así, tajantemente. Sabía que no era el momento, pero algo en mí me impulsaba a querer saber.

—Trabajo en la obra, pero no me llega para conseguir un alquiler ni para compartir una habitación en tu «tierra prometida». Así que duermo en la calle—me quedé avergonzada y, al mismo tiempo, estupefacta. Regresaron los comentarios de Prisci.

—A pesar de lo que haya ocurrido… —Sus ojos centelleaban—. Esta es tu casa. Puedes quedarte el tiempo que quieras y necesites.

Mi corazón iba en contra de mi voluntad, quería ser racional, pero bombeaba a millones de revoluciones sin poder evitarlo. Él me acarició, pero yo le aparté la mano. Dio un puñetazo en el sofá y se fue a dormir.

Decidí dejarle una nota y dormir en casa de Prisci, porque teníamos una conversación pendiente.

Mis padres dormían y Amoda volvería en poco tiempo. Necesitaba trazar una solución.

Salí al jardín, desechando la idea de ir a casa de mi amiga. Rumiando en la posibilidad de… Pero cuando me giré…

—¿Tú tampoco puedes dormir? —Era Destroy.

—No —dije cabizbaja.

—Por qué eres así conmigo… te he contado todo sobre mí. Te he esperado, te he buscado y hasta te he encontrado, no sé qué más puedo… —Le besé, y esa noche nos acariciamos, nos besamos el cuerpo entero, nos escogimos como si nunca hubiera pasado el tiempo: con muchas ganas. Y yacimos en el césped de la terraza de mis padres.

Temporada de cambio

BEKOKÓ Y DESTROY

Comenzaba la temporada navideña, finalmente me escogieron para la campaña de Navidad. El trabajo consistía en que todas, siendo mujeres, envolviéramos regalos, y luego los depositáramos en la cinta transportadora, que iba a parar a un almacén donde los cargarían en palés para luego colocarlos en el camión.

La tarea a simple vista parecía sencilla, excepto porque tenías que ir a toda prisa antes de que sonara un pitido que te avisaba que tenías que poner el paquete en la cinta. Los primeros días fueron muy aparatosos porque no sabía muy bien cómo debía envolverlos, pero Esther, una mujer española, alta, de ojos profundos y con un genio que dejaba a cualquiera con la espalda echada para atrás, fue mi supervisora y mánager. Al principio tenía mucha paciencia, así pasé dos semanas aprendiendo de qué manera envolver los regalos de forma rápida. Hasta que, después de tres días más, me dejaron sola juntos a Herminia que al mismo tiempo que empacaba, hablaba, y yo envolvía. A mí me resultaba irritante porque entorpecía mi trabajo, puesto que no podía llegar hacer las dos cosas a la vez con la misma rapidez que ella.

Puse todo mi empeño en poder conseguir rapidez y agilidad, las jornadas eran duras porque era ininterrumpidamente hasta las once de la noche que hacíamos un descanso para aquellos que fumaban o deseaban tomarse un café, porque había gente que continuaba hasta las dos de la madrugada, y luego entraba el turno de noche.

Los pies me dolían tanto que me salieron ampollas, por no hablar de las manos, que no recordaba que pudieran sentir agujetas. Los primeros días fueron el infierno en carne viva. Además, teníamos que estar de pie, no se nos permitía estar sentadas, porque eso nos haría despistarnos de nuestros menesteres.

Herminia, en los descansos no paraba de decirme que desprendía en los ojos un brillo muy típico de los enamorados. No quería hablar de ello. Destroy y yo habíamos tenido relaciones todos los días en los que había estado trabajando, y al revés de lo que puedan decir, al día siguiente estaba cansadísima. Así que arrastraba cansancio doble. Y él, trabajando en la obra, no sé cómo podía apetecerle. Así que, tenía ese problema, además de que no habíamos mantenido apenas conversación. Nuestros horarios solo coincidían porque él me esperaba con la cena preparada para hablar e irnos a dormir juntos. Hacia semanas que no descansaba, pero pagaban bien y no podía permitirme dejarlo. Lo único que sentía era no poder estar con mi hija esas navidades. Así que tocaba aguantar todo lo posible. «Dientes, dientes», decía la Pantoja.

Por no poder, no podía ni ver lo que ocurría en el mundo. Lo que sí podía ver, y me llenaba de alegría, eran los decorados navideños de la calle. Aquello me devolvía al presente, aunque con un sentimiento de aflicción por no estar con los míos. Y, por primera vez en mucho tiempo, valoré más la compañía familiar, la de Destroy, la de Amoda y la de Prisci.

Un día me levanté con la cara envuelta en lágrimas. Ese día, Destroy había preparado el desayuno a las cinco de la mañana. Me sentí atendida y no sabía cómo lo valoraba, con cariño y jubilo. Debía ser el misterio de la Navidad.

—De verdad, me cuidas mucho. Muchas gracias. Siento no haber puesto al corriente a Amoda de nuestra… situación. —atiné a decir, algo cortada.

—No te preocupes, he hablado con ella y con tus padres adoptivos también. Tenemos una sorpresa que darte cuando llegue año nuevo. Sé que ahora estás muy cansada para pensar, así que quiero que sepas que entiendo tus motivaciones, tus luchas y tus sueños. Sé tus sombras y tus luces. Solo te pido que… me dejes formar parte de estos momentos. Tanto si son buenos, como si son desastrosos o penosos. No hay nada en ti que me asuste. Las parejas afrontan juntos los problemas, y nos conocemos muy bien, demasiado.

—De acuerdo. Vamos a ello, pero ahora tengo que ir a trabajar, cariño… —solté con dulzura.

—Vuelve a repetirlo —dijo con cara de bobalicón.

—¿El qué? —Me hice la loca.

—Ya lo sabes…

—Cariño…

—Eso me gusta. Qué tengas un buen día, recogeré un poco. Porque tus padres mañana se van de viaje, no sin antes haberme dejado claro que querían que cuidara de ti y de nuestra hija.

—De acuerdo, te escribo desde el bus, que sino no llego. Nos vemos esta noche.

★★★

Ya llevaba tiempo en la empresa y faltaba poco para que la cadena acabara, pero esa noche Herminia me contó algo que no me esperaba:

—Mi marido está muy enfermo.

—Lo siento mucho, Herminia.

—Tranquila, se hace mayor. Es lo que tiene casarse con un hombre más mayor que tú. No sabes lo que pasará.

—¿Cómo es tu marido?

—Pues antes que esta enfermedad lo dejara postrado en la cama, era una persona muy bromista, luchadora y amistosa. Siempre encontraba la forma de hacerme reír. ¿Sabes? La gente no creía en nuestra relación. Creían que le quería por su dinero o que él era quien me buscaba por el dinero.

—¡Pero si es negro! —No disimulé.

—Ya ves, la gente presupone que porque tengas una melanina u otra eres de tal u otra manera. Y por lo general, tienden a pensar mal de las personas que no son blancas. Por suerte, eso no nos dividió. Siempre nos mantuvimos fuertes, a pesar de las adversidades.

—¿Y de dónde es tu marido?

—Pues de Camerún. Viajábamos mucho a África, pero bueno, creo que aquellos tiempos ya pasaron. También recorrimos algunas comunidades de España.

—Ya verás que se pone bien. Además, estamos en Navidad. La magia de la Navidad hace milagros.

—No soy creyente, pero ojalá, Dios o algún ser superior te oiga. Venga va, que nos quedan dos horitas, a ver si no vas tan lenta, ¿eh?

Siempre conseguía darle la vuelta a los problemas y sacarme una sonrisa. Pero esta sentí pena y miedo al mismo tiempo. Por mi pareja, por mi familia y por no haber caído en que, tal y como sentenció Prisci alguna vez, hay gente que lo pasa peor.

En cierto modo, sentía de alguna manera que tenía que sentirme agradecida por lo que la vida me regalaba y al mismo tiempo me daba oportunidad. Al mismo tiempo, me preguntaba qué clase de dioses hacían esa clase de desgracias a personas que se aman tanto, que luchan, que viven, que disfrutan, que lo único que quieren es seguir proclamando su amor, sin gritarlo, porque solo con la mirada se le notaba que lo amaba con todo su ser.

¿Qué clase de ser supremo, dios o maldición le habían echado a Herminia?

Mujeres de paso, mujeres profundas

BEKOKÓ Y SU NUEVO TRABAJO

En el nuevo empleo no me podía quejar, cobraba cada semana, y una buena suma. Lo que hacía era ahorrar una parte y la otra la empleaba en cosas que hicieran falta de en la casa de mis padres adoptivos. Últimamente, en el trabajo, me había dado por fijarme más en el tipo de empleadas que había: africanas, latinas, andaluzas, asiáticas y hasta árabes. Todas extranjeras y cada una de ellas con una historia diferente.

Junto conmigo, estaba Verónica que hacía turno de noche. Ella había dejado todo en Senegal para estudiar pese a que, con una carrera, un doctorado y un trabajo en prácticas como científica en los laboratorios de Barcelona la llevaron a abandonar su búsqueda, ya que no la cogía en ninguna parte, y aquí estaba ella, en una empresa empaquetadora para ganarse un dinero extra. Luego estaba Kathia, que venía de Venezuela y era de las que más calamidades había pasado, desde cuidar a personas mayores y que la acosaran o que le escupieran solo por no tener la documentación en regla y no poder reclamar, hasta prostituirse, aunque había estudiado enfermería, siempre le decían que debía estudiar más para acceder a un puesto superior, pero entre que la vida estaba muy cara y que tenía dos niñas y al padre trabajando de abogado a tiempo parcial, no llegaba a fin de mes, porque el iluminado de su marido decía que había que guardar dinero. Había vivido una vida de grandes lujos, pero ahora tenía que hacer algo. No se le caían los anillos, pero estaba harta de ese sistema en el que te relegan a la categoría de lo más bajo, la miseria; más todavía podría ser por ser andaluza y no entender bien el catalán, siendo la más joven, teniendo dos carreras y un TFG, se encontraba entre medio de dos culturas o tres, afro andaluza y sin posibilidad de entrar a trabajar, aunque fuera de prácticas. Porque no era el perfil que buscaban, y claro, su currículo era extraordinario. La chica asiática era medio asiática medio andaluza, sus padres fueron a parar a Andalucía cuando era muy pequeña, con cinco años, y no conocía otra cosa, pero era muy reservada, creo que se llama Shain. En cambio, la que más da qué hablar es Zaima que siendo nacida y criada en marruecos, no se amedrenta con nada. Es un huracán, pero llegados a los cuarenta años, por muchos estudios que tenga, comenzaba a pensar que, me confesó en secreto, nadie la contrataría. Pero estaba en esta empresa, ¿no? Todo podía cambiar. O yo vivía en un mundo de algodones en los que el máximo esfuerzo que he hecho ha sido trabajar en trabajos precarios hasta encontrar el bueno.

Era algo que comentábamos muchas. Y la razón era por mi color canela. Queda feo que lo diga así, que me defina así. La población rehúye todo lo que no sea parecido a ellos. Y ahí estaba Shain, trabajando horas extras, ya que ahora estaba opositando para trabajar en las oficinas. Todo está interrelacionado. El estado que no quiere que vengas, pero si vienes te lo ponen difícil, y si lo intentas te lo ponen aún más difícil, además, si lo consigues, aún vendrán a decirte que te vayas a tu país.

Pero lo cierto era que todas éramos afrodescendientes, excepto Herminia, que era española de pura cepa, y que se volvió miembro del comité de Recursos Humanos. Estábamos contentas porque así tendríamos ventajas, pero yo escuchaba y no decía nada. Muy en mi interior, sabía que las leyes eran las leyes, para todos y con desventajas, claro.

Desde esa misma semana que nombraron a Herminia miembro de Recursos Humanos, los turnos fueron fraccionándose en más descansos, pero la faena era extasiante. Llegábamos al final de la noche hechas trizas. Mirábamos el cielo, y era de noche: igual que la mañana en la que habíamos salido para comenzar la jornada.

Bueno, por una parte, a lo largo de la semana, ahora teníamos turnos rotativos, pero yo me negué rotunda porque quería poder costearme mi próxima formación y por si venían épocas de más vacas flacas, les decía a mis compañeras.

—Pero si, dentro de lo que cabe, tú eres la que mejor parada ha salido: administrativa, escritora y ahora empaquetadora. Yo que tú, después de esto, no pisaba una fábrica en la vida.

—Es mejor que guarde el dinero para que pueda formarse más y, además, recordad que tiene una hija —dijo Shain.

—Pero si sus padres están forrados. Qué hambre va a pasar o penuria… —Se hizo un silencio incómodo en el que preferí salir a la entrada en el segundo descanso para que me diera el aire y encender un cigarrillo que me ofrecieron. Primero tosí como una descosida, pero luego, mientras miraba de reojo a la persona que fumaba, le fui cogiendo el gustillo.

Desde ese día no comía ni merendaba con ellas. A lo largo de mi vida había tenido que estar luchando contra lo que se suponía que era una vida «fácil» con todo resuelto. Era uno de los motivos por los que no quise el piso y muchos otras cosas, como que la gente no me tomaba en serio. No sabía si era envidia o era miedo a que me salieran mejor las cosas que ellas.

Decidí no darle vueltas. Ya solo quedaban dos semanas para acabar la campaña de diciembre. Me sorprendió la cantidad de muñecas que se encargaban. Hasta que un día vi algo alargado, no sabía que era. Y me lo quedé mirando curiosamente, a la vez que dubitativa.

—¿No sabes lo que es? —Negué—. Es un consolador. —Lo solté de inmediato.

Sabía que existían toda clase de artilugios para el placer sexual, pero aquello más que un consolador, parecía un mando de un coche. No entendía nada ni quería saberlo. Así que mi estupefacción se me notaba en la cara, y mis compañeras aprovecharon para echarme fotos.

En buen momento me habían cogido para que ahora saliera con cara de asco, asombro y decepción. Parecía un anuncio de compresas. Pero claro, ahora todas salen en los anuncios sonriendo, como si nada ocurriera.

Esa semana tuve un dolor de ovarios especialmente fuerte por culpa de la menstruación; fue tan fuerte que casi me desmayo. Me mareaba, iba dando tumbos, no podía introducir las monedas para sacar el café. Por mucho que intentara parecer normal, lo que se veía desde fuera era como si hubiera venido borracha al trabajo. Algo que jamás en mi corta vida había hecho. No solo por el miedo a que me echaran, sino porque luego… ¿cómo aguantas las horas del jornal?

Así que ausente en los baños mixtos y allí, vomité. Después de ese día, dejé de sentirme mareada o con malestar. Lo que no cesó fueron los dolores y los retortijones en los ovarios, que a veces hacían que me inclinara hacia adelante instintivamente.

Hasta que Shain me dio un remedio casero con hierbas que yo de primeras no quería ni oler. Pero me insistió en su poder curativo de las plantas medicinales, y que en su familia lo hacían mucho para las mujeres, para los dolores de espalda.

Tampoco es que pudiera negarme en medio de todo el mogollón de gente entrando y saliendo, así que cogí el frasquito y lo guardé en la bandolera.

En las últimas semanas, las chicas comenzaron a sufrir despidos, cambios de lugar o de turno. Era extraño. Todas teníamos el teléfono móvil de cada una, y sabíamos que aquello eran ordenes de arriba.

Qué ocurriría, nada, cosas del inmigrante.

Voces del pasado

BEKOKÓ, MAMÁ ¡OH! Y BESI

Destroy estaba especialmente atento, y procurábamos que nadie nos oyera. Así que él preparaba baños calientes en la bañera de mi habitación con sal de frutas. Ambos nos remojábamos. Se le notaba muy cansado, demasiado, quizá. Pero hacíamos por estar juntos, vernos y hablar. Incluso con los horarios locos que teníamos. Esa noche me trajo consigo un fajo de sobres con sellos de Guinea Ecuatorial.

—¿Pero de dónde has sacado eso? —me sorprendí.

—Si me hubieras dejado hablar hace algunos meses, incluso años atrás. Te las habría enseñado. —Me miro pícaro, pero luego cambió la cara a solemne—. ¿Quieres leerlas?

—¿De quién son?

—Eso debes descubrirlo tú misma. —Se secó, puso el termostato a tope y se fue al cuarto.

Yo me quedé en la bañera con medio cuerpo fuera, leyendo cartas que no iban dirigidas a nadie en concreto y que denotaban desesperación y frustración. Hasta que, en una de ellas, por la forma de hacer la «Q» y las letras iniciales, supe que se trataba de mi madre. Mi madre biológica. Sabía que estaba molesta y preocupada, pero no sabía hasta qué punto podía yo haber causado tantos terremotos y huracanes en tanto tiempo. Por lo visto no estaban sellados por ninguna agencia de correspondencia. Simplemente las había estado guardando a modo de desahogo.

¡Oh! Hija, huyes, eres más escurridiza… si tan solo supiera que estás ahí. Que estás bien o que puedo ayudarte en caso de no lo estés mis males se irían de súbito (…) Aunque creas que no te he buscado, si lo he hecho, a mi manera, en contacto con los espíritus y con los ritos. ¿Hay naturaleza donde vives? ¿Comes bien? ¿Has hecho amigas? Puede que lo tengas todo, él provee y sabe que lo que yo no te pude dar (…).

Besi

¿Dónde estarás amiga? las diosas te guardan y saben que todo irá según tu destino: ser escritora. Para ello has nacido, para eso, para lo que sea (…). Te ruego que me perdones, ojalá me perdones por no haberme quedado contigo, ¿me perdonas?. Aquí todos estamos preocupados por todo y nada a la vez, por ti, por todo junto… algunos preguntan, otros callan y observan tu casa… los primeros años fueron dados a la esperanza y al futuro que traerías contigo. Nada importa ya, excepto que estés bien (…).

Todas aquellas cartas guardan un miedo y un ansia por lograr aquello en lo que yo siempre había estado soñando. Mi sueño, un trabajo, lo que fuera, pero que me hiciera feliz. La vergüenza me pudo, pensando que un futuro mejor llegaría. Ahora estoy en el camino, y estoy segura de que, teniendo a mi gente a mi lado, estaré mejor…

Pasado un rato, entró Destroy con una cajita. Yo me temía lo peor.

—Sé que esto no es lo habíamos hablado…

—Cariño…

—Déjame hablar, por favor. He esperado muchos años, he soñado con este día desde el día en que fuimos uno. Ahora tenemos una familia, pero yo quiero que volvamos a Guinea para hacer nuestra vida allí.

—¿Has pensado en el cambio que supondría para Amoda?

—Pero si se fue de viaje a Guinea, conoce ya a toda la familia a estas alturas.

—¡Por el amor de Dios! Es solo una niña.

—Dime la verdad. Solo quiero eso.

—No. No quiero casarme contigo. Mi futuro me espera.

—De acuerdo. Entonces yo…

—Haz lo que creas conveniente. Lo comprenderé.

A la mañana siguiente, Destroy ya no estaba. Había cogido las maletas y se había ido, siendo su día de cobro el 1 de enero. Decidí contárselo a Amoda. Ella simplemente se encogió de hombros. Y dijo:

—Yo te apoyo, madre. Igual que lo hace Níger conmigo. Si no sigue tus pasos, para un fin en el que estar juntos… ¿Qué importa el lugar?

Abracé con fuerza a mi hija. Por fin, se había hecho una mujer. Estaba dispuesta a hacer lo que fuera por conseguir mi sueño. Sabía que me dejaría unas semanas o unos meses bajoneada la ida de Destroy, pero estaba segura de que me repondría.

Además, las jornadas de la campaña de Navidad llegaban a su fin. Y yo estaba deseando descansar y hacer trizas la cama, pero durmiendo.

★★★

Llamé por teléfono a Besi y a mi madre biológica. Todas se alegraron. No me persuadieron de nada. Sabían que, si se me metía algo entre ceja y ceja, hasta que no lo conseguía, no paraba. La verdad es que temía no ser lo suficientemente cualificada. O al menos, eso es lo que una acaba creyendo en esta ciudad.

La jornada nos hizo el balance de unas conversaciones, en pleno descanso, con las caras de todas enumerando las razones por las que parecía soltera: miraba a otros hombres, de otros turnos y salas, sin pudor; no me fijaba en nada en concreto; estaba más relajada y desprendía seguridad.

A veces, las personas proyectan cosas que una misma no acaba de creer, pero en este caso, aún sentía la ida de Destroy como una traición. Quizá por eso, al fin y al cabo, esta vez no lloré.

En el trabajo en las últimas semanas, nos tomamos toda la prisa que había que darse y, al mismo tiempo, pensábamos en los niños que recibirían los paquetes. Exhaustas, aún teníamos la esperanza de las fiestas que se celebraban.

Él último día, porque cada una de nosotras íbamos por trabajo temporal, nos reunimos en una sala con el equipo y nos dieron las gracias por nuestro excelente trabajo, nuestro manejo y destreza para ir al ritmo establecido. Acto seguido, después de una retahíla de agradecimientos y de protocolos, pasaron a hablarnos de que cada una haría cola según su nombre en las oficinas y que allí se nos pagaría en mano.

Cuando llegó mi turno y vi el fajo de billetes, pensé que ya no me uniría nada más que un número de teléfono a aquellas mujeres y unas líneas en el currículo. Pero el jefe, por lo visto, decía que quería hablar conmigo.

—Me han dicho que tienes grandes sueños.

—¿Y eso? ¿Cómo lo sabe?

—Aprendes deprisa, soy observador.

—Ah, pero que nos ha visto trabajar... yo...

—Eso no es lo importante. —Mostró una sonrisa amplia con los dientes perfectos—. Quería hablarte de una organización en la que creo que puedes aprender mucho para tus sueños. —Extendió un papelito doblegado y me hizo un ademán para que me fuera—. Y no vuelvas hasta contarme que lo has conseguido. —Me quedé perpleja.

No le di mucha importancia, porque la gente de poder pareciera que tenía mucho que decir y mucho por lo que regocijarse. ¿Quién dice que tiene toda la razón? ¿Quién dice que no la tiene? Decidí darle el beneficio de la duda, pero, después, al llegar a casa, estaba molida: me dolían los pies, las manos, y hasta las pestañas, y si me apurabas hasta el alma.

Las chicas y yo celebramos el fin Día de Reyes en mi casa, con mi familia adoptiva y mi hija. Lo pasamos muy bien, aunque me resultó extraño verlas con ropa de calle, parecían personas totalmente diferentes a lo que imaginaba mientras las veía uniformadas en el almacén.

El día fue exquisito; todas nos reímos. Como mi padre era el único hombre, aparte de Níger, y los niños ya no eran tan niños, Níger y padre se fueron a un bar a tomar unas cervezas y las chicas nos quedamos despotricando y bebiendo.

Esa noche pudimos ser nosotras mismas sin un jefe delante. Madre no podía seguirnos el ritmo, así que decidió irse a dormir. Chupitos de mezcal, cerveza y hasta tequila. Acabamos en el suelo tiradas. Hasta que llegó Amoda con la música y nos pusimos a bailar. Makosa, reguetón, *rock & roll*, R&B y hasta pop de los 2000.

Cuando ya no pudimos más, nos comimos un postre de chocolate: *mousse* de chocolate con un poco de cava, y cada una a su casa en metro.

★★★

Me esperaban dos semanas para decidir qué hacer con mi vida. Entonces, abrí el sobre que el jefe don Germán me había extendido. La organización era una antirracista que luchaba por los derechos de las mujeres negras y migrantes. No sabía muy bien cómo encajar aquello, pero decidí pasarme por la organización sin saber muy bien qué les iba a contar. Por el camino, pensé en lo que me había dicho don Germán: «Aprendes deprisa». Eso me dio fuerzas.

Me costó horrores y sudores encontrar el lugar (literalmente). Primero había estado dando vueltas por calles de Barcelona que no conocía, y luego, finalmente, me había pasado de largo. Vamos, que lo había tenido enfrente de mí y no lo había considerado. ¿Despistada? No, la gran mayoría de los que viven alrededor de Barcelona solo va a la capital para cosas importantes o para quedar con los amigos. Y yo, ni lo uno ni lo otro. Cuando entré, empapada de sudor pese a estar en pleno invierno y con una chaqueta tres cuartos, botines y una bandolera, no me juzgaron.

Mi cara estaba perlada, corría una gota de sudor criminal mientras hablaba con la organizadora e iba con el miedo a que le cayera en la mano. Porque me saludó tan efusivamente, entrelazando sus manos con las mías, que la solté en busca de un pañuelo. Cuando por fin pude secarme el sudor. Que bien visto, desde perspectiva, podría haberlo hecho antes de entrar. Ella, nuevamente, no me juzgó. Ni la gente que había en el lugar.

Había una mujer que parecía mexicana por su facción, al oírla hablar descubrí que era Argentina, y luego había gente migrante de todas partes de África … Senegal, Camerún o Zimbabue, también colombianas, cubanas, y hasta afrodescendientes. Pero siendo yo, nacida en África, me sentía más fuera de lugar que dentro. Y, sin embargo, ellas me hablaban con naturalidad. Nos sentamos, e Ingrid me contó todo sobre la organización: que llevaba una revista, que recaudaban fondos para comparar juguetes, otros estaban más metidos en lo legislativo, luego había psicólogos y trabajadoras sociales. Había un popurrí de gente que tenía más carrera y vidas vividas que yo. Luego estaban limpiadoras, cocineras, camareras de piso y un sinfín de puestos. ¿Quién era yo? ¿Dónde encajaba yo?

Les dije la verdad, que mi idea era poder algún día escribir un libro, e Íngrid me contestó:

—Pues aquí hay muchas historias que contar. —Hizo una pausa—. Haremos una cosa: escribirás relatos basados en lo que ves, irás a manifestaciones, darás apoyo a los compañeros y a las compañeras, y luego te incorporaremos a la revista. ¿Tienes algún blog o algo que nos sirva de referencia? —Asentí y le di mi dirección del sitio web.

Quedamos en vernos dentro de unas semanas porque estaban preparando desde hacía meses una reunión con gente que daría pasos muy importantes en la decisión de las personas migrantes y creían que era mejor que observara cuando todo hubiera acabado, porque a Ingrid y a otra chica más se le habían ocurrido una idea para mí.

No quisieron darme detalles porque había que madurar la idea. Salí de allí enajenada. Pero con la sensación de que algo bueno iba a pasar.

Voces que también son mías

BEKOKÓ

Ingrid me recomendó que me acomodara en un apartamento modesto cerca de la organización para que pudiera estar más cerca de lo que era el barrio.

Ese día tenía que escribir la biografía de todos los que iban ser mis compañeros a partir ahora.

Empezamos por Shaila, quien había cruzado el desierto de Sáhara en busca de una vida mejor. Al llegar a su punto de destino, tuvo que, con el poco dinero que le quedaba, hacer trato con un militar que no entraba en razón. Finalmente, en el convoy de gente aglutinada, conoció a Ahmed, quien le enseñó lo básico sobre español, porque era profesor en Marruecos, concretamente en Casablanca, y él fue quien, en medio del trayecto, iba orientando a voz, sin apuntes, sin pizarra y sin nada más que la voz. Repetía desde un saludo en español hasta cómo hablar de lo que haces. Al llegar a la frontera, con el mar y el estrecho, cruzaron una valla que tuvieron que sortear de noche, a escondidas y sin hacer ruido. Eran muchas personas, e iban en grupos de diez. Algunos lo lograban, otros fueron abatidos. Llegó a Cádiz con la esperanza de encontrar una vida mejor, pero como decía ella: «Ya suficiente tenía con el viaje que me había dejado casi sin fuerzas, sin aliento y sin ganas, al haber dejado a paisanos a atrás, como para que también sufrir el rechazo de algunos. Y digo algunos porque no todos son racistas. Algunos no saben que lo son. Al verme en un internado y tener que agilizar trámites, después de clases de castellano, sociales, historia de España y otras tantas, por fin la larga espera, entre los vigilantes y los que burocráticamente hacían su faena, pude ir a casa de un familiar en Barcelona». Pero Shaila tiene la mirada perdida, algo disociativa. Algo tuvo que ocurrirle en ese viaje. No lo menciona, pero siempre está con los niños, enseñándoles cosas y jugando con ellos, sobre todo con las niñas.

Luego me enteré de que perdió a su bebé en la travesía. Y no solo eso, su familia, desde la lejanía, no sabía nada. Nunca lo había contado, solo lo dijo en la organización. Desde entonces, se niega a tener pareja.

En cambio, ha encaminado una vida llena de estudios, Graduada en Filosofía Africana, Máster en Escritura Periodística, tenía nociones de redes sociales, pero decía que no se le iban a resistir porque ella era muy tozuda y sabía que antes o después lograría conseguir su objetivo. Este era acabar con la lacra que sufren las niñas y los niños al ser huérfanos. Por lo que también sabía que el Grado de Trabajadora Social lo tendría que estudiar.

Adam era quien se ocupaba de la cocina el comedor social. Este comedor abría para todos los que acaban de llegar, para la gente que venía de paso, que, aunque no lo pareciera había gente con carreras de abogacía en la calle, recogiendo chatarra, haciendo encargos a personas blancas. Viviendo en la miseria porque el gobierno español en vez de darles una solución, acababa con sus vidas. Desde no conseguir arreglar su situación irregular hasta quedarse solas por no poder mantener a sus familias. Lo que me llamaba la atención era que, más que la cocina, a Adam lo que le gustaba era que con la comida conocía a nuevas personas, nuevas historias, nuevas formas de ver la vida.

El racismo no se iría así, de la nada. No se esfumaría. Pero tenían un lugar donde saberse. Por eso, supe que Adam, a través de la comida, lograba entablar conversaciones muy profundas. Era observador y su historia era la de un hombre que vino a estudiar a España para luego ser engañado en una obra, trabajando como peón, aceptando migajas, porque lo necesitaba. «En situación de supervivencia, haces lo que sea; por tu familia, por ti, y hasta por dignidad. Pero a veces hay que darse cuenta de donde no te quieren más que por comodín. Por trabajos que no tolerarían blancos». Y aquí estamos, la organización le brinda un espacio para lo que lleva estudiando toda su vida y desde que era niño: ser cocinero. Sabía cocinar tanto comida española como comida senegalesa.

★★★

Cierto día me senté en el minibalcón que me profería una vista amplia del Raval, a veces, solía ver a gente que se paraba para conversar con otras personas. A veces, se quejaba alguien porque otro tenía la música muy alta, y otras tantas, el ruido descomunal no me dejaba dormir. Gente paseando, hablando a gritos porque había sido increpada o gente que, simplemente, tomaba el aire que, aunque contaminado por los diferentes olores que le confiere a la ciudad, multidiversa, desde españoles hasta árabes, desde indios hasta chinos. Todos conformaban una única razón de ser: el barrio.

Paseando por las calles de Barcelona puedes encontrar barrios como el Raval, como la zona universitaria. Y el ambiente es distinto, el lugar, las gentes, la opulencia, pero sigue siendo

Barcelona. No has cambiado de sitio, a veces puedes pasear por Las Ramblas y ver gente que es muy estirada, que te mira por encima del hombro, como si por estar allí les estés regalando el aire que respiras.

Tiendas, *souvenirs*, por la Sagrada Familia había gente que me saludaba con la mirada, gente migrante o no, el caso era que el código era ese, un saludo. Podía ser desde levantar el mentón hasta un efusivo «hola» o «buenas tardes». Y hasta coincidir en una exposición y charlar en la calle de la vida, de los dolores, de la rabia, del llanto. Había momentos que me perdía en mis escritos para reverberarme en mis heridas. Quizá no haya perdido tanto… quizá soy una afortunada… no debería quejarme… a veces, pensamos que los pesares de unos son más que otros, pero una herida sangra igual en una mano que en otra, lo que no lo es lo mismo es forma en la que te la haces herida (o te la hacen).

Escribía frenéticamente, y luego dejaba mi propia visión poética de lo que me parecía aquella escena, historia o pensamiento. Para la buena verdad, me había aficionado al café y al recuerdo de una vida que había dejado antaño, como algo grave, me hizo comprender que hay historias que deben ser escritas, narradas o incluso versadas.

A veces, Ingrid me animaba a que le enseñara mis escritos. Aunque pasaba noches que no dormía por la emoción de estar inspirada. Creía que no eran lo suficientemente buenos como para ser mínimamente publicados. Así que me mostraba reticente a la hora de hacerlo.

Me había aficionado a una libretita pequeña en la que escribía pensamientos, frases o ideas. La llevaba conmigo en mi bolsa. No iba a ninguna parte sin ellas. Solo observaba y anotaba. Los viejos tiempos volvieron a mí en Guinea, y me hacía sentir bien, en compañía, salvaguardada. Con gente que comprendía las miradas, los gestos, las acciones, una sola palabra o una mueca.

También conocí a alguien quien se convertiría en mi confidente. Pero esta persona la conocí, de paso, paseando de camino a la organización, Manos negras, que me regaló una rosa. Y me dijo.

—Una rosa bella, para una bella amiga, hermana.

Le di las gracias, y cuando le fui a dar una moneda, me dijo.

—Te la regalo si vuelves por aquí otro día. —Sonreí.

Hacía mucho o puede que nunca me hubiera regalado flores, así que me sentí pletórica e ilusionada. Pero luego recordé lo que mi abuela me dijo: «Las flores no se comen». Y me reí en medio de Las Ramblas.

Era irónico que a cada paso que daba me encontraba con gente que había estado en la organización. Lo que no sabía era hacia dónde me llevaría esto. Estaba muy inspirada, sí. Me lo estaba pasando muy bien. Pero ¿qué haría con tantos textos, poesías o reflexiones? Por un momento pensé que debía escribir alguno en el blog, pero no sin antes explicárselo a Ingrid y a los integrantes que los conformaban. De pronto, se me ocurrió que podría comprar una cámara para documentar mejor mis relatos y versos.

Así lo hice. Fui a Plaza Catalunya, habiendo quedado con una amiga de hacía muchos años. Me hizo el regalo de comprarme la cámara. Eso nos dio un motivo por el que juntarnos a tomar un café y ponernos al día con nuestras idas y venidas. Que si amoríos, que si familia y, por primera vez, pude contar que estaba trabajando en algo en lo que me sentía parte y me hacía muy feliz. Se alegró, pero como suele ocurrir a veces, no todos son tus amigos. Después de esa visita inesperada a Barcelona, no volví a saber nada más de ella. Cuando le escribía siempre alegaba que estaba ocupadísima. Siempre tenía algo muy importante qué hacer. Dejé de intentar nada. Simplemente, dejé de escribirle. No la bloqueé. Subía a los estados fotografías de todo lo que veía, y podía ver que ella las veía. Con eso me bastaba.

★★★

Un día, Ingrid me cogió a parte y me hizo enseñarle mis textos, así que no pude negarme. Ella leyó todo. Al final, dejando unos cuantos a un lado, me confesó:

—Lo tuyo es pasión y talento.

—¿Qué?

—He pensado que podrías escribir en la revista algunos de estos relatos.

—Es curioso, porque yo te iba a decir que los iba a subir en mi blog.

—Haremos una cosa: escribirás en la columna y mencionaremos tu blog. ¿De acuerdo? Pero no dejes de escribir, ¿eh?

—Trato hecho.

Ese día, volví a ver a mis padres adoptivos para comunicarles los nuevos sucesos que acontecían en mi vida. Pero luego pensé que era demasiado apresurado. Esperaría a las reacciones que diera la revista y luego se lo contaría. Pero tenía ganas de pasar un rato en familia, además, la primavera ya se acercaba y el buen tiempo me invitaba a hacer ejercicio en la montaña. Cerca de la casa de mis padres, había un campo muy bonito al que solía ir a leer, pero hacía mucho que no iba. Así que, Amoda y yo, nos fuimos de merendola. Porque «pícnic» es lo mismo que decir ir a cazar negros: *pick-niggas*: pícnic.

Mientras mi hija me iba contando cómo habían ido aquellas semanas, yo absorbía el sol como una forma de acoger el descanso y la liberación de estar viva.

El olor del campo, las flores, los que se animaban a pasear a sus perros, los deportistas y hasta los que salían a jugar al béisbol, conformaban una estampa que me hacía creer en la humanidad. Creemos que el mundo está en contra de nosotros. El mundo ya viene integrado con sus prejuicios, sus acusaciones, sus quejas y hasta con sus malas interpretaciones. A esta interpretación, le sumo la mía. La de creer que estaba sola, y creer que nadie me entendería. Mi hija, la que siempre ha estado a mi lado, incluso en los peores momentos, mis padres, Besi, Ingrid, Shaila, Adam, Ahmed… Prisci… muchas personas están de paso, pero todas dejan huella y se impregnan en ti para recordarte algo: no dejes de vivir.

★★★

Cuando volví de mis tan ansiadas vacaciones para iniciarme en esto de la columna de la revista. Shon, quien había vivido una vida torturada por esconder su sexualidad, y, al mismo tiempo, huyendo de allí, Túnez, por ser negro y homosexual, me contó que él amaba la escritura. Quería ser periodista, pero todo lo que había aprendido lo había hecho por su cuenta. Era autodidacta, debido a que no encontraba trabajo, por su orientación sexual. «Pero es que, además, es algo que no se puede ocultar como con el maquillaje. Lo eres y ya está. Lo sabes. Por eso hui con mi pareja a España, y aquí estamos, con las urgencias del vivir».

El me enseñó cómo funcionaba la columna. Cuál era la dinámica que tenía que seguir, y todo lo que habían estado haciendo durante los cinco años que llevaban en activo. Eran una organización que, a pesar de ser sin ánimo de lucro, recibía subvenciones del estado para, por ejemplo, los comedores sociales, la comida, la ropita de los niños, las actividades y, sobre todo, los viajes para reunirse con gente que estaban en la misma sintonía.

Comencé mi incursión como columnista. Mientras que Shon, corregía mis textos: faltas de ortografía, sintaxis, gramática, la estructura de la columna. Al tiempo que hablábamos de cosas mundanas. Era fácil hablar con Shon, porque hablabas de escritura y al instante de vestuario, de decoración, de los hombres; era muy jovial.

En las siguientes semanas, se decidió que, para el 2 de mayo de aquel año de 2025, se publicara el texto que hablaba sobre lo hijos y las madres que había visto creer España. Un relato con unos versos, que según Shon, no le hicieron falta ni corregir.

Agendamos, aproximadamente, catorce artículos para todo el mes. Los mensajes llegaban:

«Cuando leí tu relato, me hizo sentir vista».

Aquello me hizo sentir más viva si cabía, porque eso significaba que lo que escribía no solo era algo para mí, sino que ayudaba a otras personas.

Algo parecido a casa Bekokó

Paseando siempre por los lugares más concurridos y turísticos, uno no puede apreciar lo que es realmente la vida en una ciudad como Barcelona. Quedarse dentro de la metrópoli, te priva de lo que puedes encontrar en los alrededores.

Decidí ir a la Costa Brava para ver el mar, lugar de remanso donde poder coger inspiración entre la opulencia y los barrios más o menos humildes. La realidad es que quería ver la verdadera Cataluña.

Fui a un barrio con la intención de hacer fotografías a monumentos, me impresionó el del parque de la Trinitat, *Els cavalls desbocats* (1993), quien creó la figura de Salvador Dalí de Cadaqués. Vi muchas más cogiendo el metro, yendo a Montjuïc, Roger de Llúria, Montmeló, al Moll de la Fusta… Es un artista que impresiona, y mi cámara estaba siendo usada con la mirada introspectiva de la que mira curiosa, pensando y analizando qué era en lo que pensaba. Pocos se han acercado al Carrer de Roger de Llúria, por ahí reside el verdadero amor por los libros, o al menos, su historia, contada de un modo u otro. Barcelona tiene barrios que solo quieren vivir, que solo quieren salir estar.

Quizá, mal dichos, barrios marginales porque hay mucho más de lo que uno puede apreciar a simple vista.

Me perdí por las calles de Plaza Catalunya porque siempre encuentro algo raro, extravagante, o algo que me llama la atención. Todos miran hacia todos lados; los turistas se mezclan con los oriundos, y la gente forma ese sonido característico típico del bullicio.

Estaba con mi libretita escribiendo, a medio acabar mi café y un vaso de agua, porque creía que me lo había merecido. Un buen paseo, a pesar del sol y el aire que no cesaba. Imposible mirar una imagen igual a la otra. Escribía, de pronto, con tal rapidez como si no quisiera que se me escaparan los pensamientos. Así que, muy a menudo, ni yo misma entendía mi letra. Lo que me recordó a los niños de Guinea que decían que el día que yo hiciera la letra bonita, algo me pasaría. Respiré hondo, en la Plaza Real, sí se te puede salir un ojo de la cara si no sabes regatear. Pero también ayuda hacerse cliente asiduo, desde que pasaba por el Raval, me sentaba por allí cuando había sitio, y dejaba volar mi imaginación. Decidí que ya tenía suficiente cuando se hicieron las diez de la noche y ya no tenía ganas de pensar, ni de escribir. Solo de mirar alrededor, disfrutando del paisaje. Además, un chico no me quitaba el ojo, y no sabía por qué, creía que lo conocía de algo, pero no quería averiguarlo: estaba cansada y tenía ganas de ir a casa para comer lo que fuese.

Esa misma noche, pensé en ir a Arco del Triunfo y pasar por la Ciutadella.

★★★

Pasaron horas hasta que me llegó un mensaje de Ingrid diciendo que en la web no paraban de hacer comentarios, pero yo no quería oírlo. Quería, por fin, aprender con Shon las bases de la escritura. Al menos, así podría dar de qué hablar. Ella se mostró un poco molesta por no mostrar el mismo entusiasmo que ella. En realidad, me estaba validando, pero no lo supe ver. Llegaría un momento que me haría pensar de otra manera.

Caminaba hacía mi coche, derechita hacia mi lugar, decidido el día anterior. Sabía que podría leer un rato en el césped, que escucharía música, que vería a los cisnes y que, además, me comería una paella hecha por chinos. ¿De quién es la paella? Pareciera que todos saben cómo y de quién era, pero todo apuntaba a que, introduciendo los árabes el arroz en la Península en el siglo XV, que se cocinaba en una sartén de hierro, pero desde los griegos a los árabes, y otros, se ha ido degradando con los diferentes ingredientes. En el siglo XX, la paella fue un *top ten* y desde entonces, ¿quién no sabe lo que es la paella?

Caminé hasta la estación de Francia, di varios rodeos justo después de leer *El África de Tomás Sankara*, pero me resultaba extramente difícil porque la política no la he integrado en mí. Quizá por haber crecido y tenido ideas más liberales, así que pensé: «Un libro es para ti, en el momento adecuado de tu vida». Y me encaminé hasta llegar a una zona que no conocía… Hice fotografías a plantas, pedí permiso a la gente antes de hacerles una fotografía. Iba tan cansada, entre los artículos y las sesiones fotográficas, que me senté en un portal. Surgió de forma natural, me dejé caer, y ahí, sentada, con todo el arsenal: la cámara, la libreta, el móvil, el otro bolso, una mujer salió de no sé dónde, quizás del portal, y me dio un vaso de agua y un trozo de sobao, un dulce que los cantábricos conocen muy bien, y se sentó conmigo. No dijo ni una sola palabra… Acto seguido, vi a un niño sin un zapato, con la ropa hecha un guiñapo, y no me di cuenta de que estaba en otro barrio de los que te ayudan sin pedir nada a cambio. Me supo mal que me diera aquel trozo de comida. A saber si se lo habría quitado de la merienda de sus nietos. Le di las gracias y no supe qué hacer, si besarla, abrazarla o decirle adiós. Ella me dio un abrazo de aquellos que llenan el alma, profundo, apretado, pero no demasiado, sentí todo el amor que podía haber en una mujer de casi ¿ochenta años? Comprendí que, el amor, se da, no se ruega, al sentirme como en casa, supe lo que quería decir sin ninguna palabra.

★★★

Me tocaba hacer de creadora de contenido y llevar las redes sociales mientras Shon las supervisaba. Aquella tarea, aunque pesada, era necesaria. Así que no podíamos distraernos ni lo más mínimo. Al terminar, las reacciones las viví en directo.

«¡Qué pasada!», «¡Estamos contigo!», «¡Por fin alguien que habla de lo que necesita la sociedad: cosas importantes!».

Me sentí muy reconfortada con tanto halago y agradecimiento, porque eran ellos los que habían conformado todo lo que se había tejido hasta entonces. La organización ganó más dinero; los niños jugaban con juguetes; había más comida, y la gente no dejaba de congregarse en los comedores para charlar y darme la enhorabuena.

Sentí que había logrado algo que muchas afrodescendientes, no siendo yo una, no pudieron. Había logrado ese sentimiento de pertenencia. Así que, creí conveniente finalizar el camino y buscar otra forma de pivotar, pero sin dejar lo que más me gustaba.

Carta abierta
a quienes no tuvieron elección

Camino sobre el asfalto nocturno, las musas me susurran el rocío de un día que comienza en un prado de campo, y, como si de una flor se tratará, primero fui un capullito lleno de esperanzas.

Luego atravesé los muros de mis límites, convirtiéndome en todos mis miedos. Como mirarse al espejo y verse reflejada. Nunca sabes lo que puedes ver. ¿Es algo bueno? ¿Es algo que detestas? Llegué a perderme como amnesia después de un coma, a veces pienso que mi alma era la única que sabía hacia dónde tenía que ir. Dando tumbos como ciego al que le falta su lazarillo, fui inventando una vida que no era mía, sino la que deseaba formar parte de ese «algo». Aunque en realidad, como imanes que se repelen, algo en mí me decía que no son «las cosas que se atraen» siempre las buenas cosas.

Tentada por una vida de lujos, agradezco no haberme conformado. Aun teniendo una nueva vida., una nueva oportunidad. Habiendo sido desechada como a un trozo de papel después de haberse usado. Crees que esa persona lo es todo, que podría derrumbar tus muros, tus miedos y hasta tu inestabilidad, pero hay algo más fuerte.

Agradezco la vida que he ido formando, aun cuando todo eran bruces, reproches y hasta el desprecio del prejuicio, incluso cuando todo iba mal. Todo iba mal o bien, según lo que mis emociones, esas pensantes, convalecían a la espera de un poco de aire fresco, como el aire que me proporcionaba cada persona que ha ido tocando mi mundo incomprensible: Besi, Beko, Teofi, Prisci, Destroy… aunque me había desdibujado, todos formaban una red entretejida que, sin darnos cuenta, hacían de nosotras el resorte de un camino incierto, vasto, pero que aún era como una pata coja de una silla. Inservible, hasta que algo lo endereza y le pone el traje de luces.

En esta tierra no soy ni de aquí ni de allá, pero española o no, desde que el avión dejó el cielo en el firmamento para tomar tierra en suelo español, no conozco otra cosa.

Soy la que soñaba despierta con enajenación, casi como una droga dormida en el cuerpo, en los vasos sanguíneos. Me costó despertar, darme cuenta de que la familia de sangre no se elige, por eso, espero que mi madre en Guinea sepa perdonarme. Por las noches en vela como alma en pena. Siempre creo que somos eternos, pero lo cierto es que duramos un instante en esta vida. La noticia de un mal que acarreaba mi madre biológica me puso, una vez más, sobre la tierra. ¿En qué mundo vivo? Ella dio todo por mí, igual que madre y padre. Si tuviera que hacer algo, sería volver a abrazar, oler, acariciar y apapachar, como diría el chico de la rosa azul, a mi madre.

Agradezco también que mi madre biológica no haya perdido la esperanza, ni me haya reprochado tanto como esperaba. Entendía que tenía que volar, como ave que abre sus alas.

Cada paso que he ido dando, incluso las decepciones, los miedos y los monstruos debajo de la almohada, que no son personas que nos han hecho a Amoda y a mí, hierro forjado; no nos han detenido. Igual que, cuando supe que tenía todo para vivir el amor perfecto. A veces, no está en el guion de la vida, simplemente no lo esperas.

Abrazaste mis abrazos, aunque te negué una y mil veces sé que un día, esos días de «locos» habrán pasado y se olvidarán. Las despedidas nunca se me han dado bien.

La promesa que me hice en mi país, me trajo aquí. Quizá repetiría con otro tipo de historia, con circunstancia distancias. No sé si capturar el momento en el que por mucho que pase el tiempo, siempre sentiré aprecio, amor, cariño y deseo. Fuiste un hombre al que amé desmedidamente, pero, a veces, hay que separar lo emocional de lo racional. Y elegir. Créeme que no ha sido fácil, aunque sepa que te rompí en mil pedazos como un jarrón que cae del mueble de la entrada.

Cuántas veces soñaba con ese león flaco, hasta soñar con lo que deparaba.

Soy fiel ferviente defensora de los sueños, oníricos, o incluso los que una misma materializa. Y como si las ancestras me persiguieran para guiarme, mi alma supo por donde tenía que ir. Estaba escrito. Pero, como la vida no es una guía de teléfono, sabemos a cuentagotas cuando llegamos a una edad casi tardía. ¿Qué me quiere decir la vida con esto? ¿Qué quiero? ¿Qué es lo que me gusta? ¿Qué es por lo que no quiero volver a pasar? Y la parca rondando a cada momento por la razón irresoluble para marcar el ritmo de la vida. Ahora tienen sentido muchas de las cosas que antes no pude preguntarme, que tuve que asumir, que tuve que hacer para poder sobrevivir.

Hablaba de flores, pero las abejas son portadoras de polen y que se posan si miras en derredor. Me dije: «Bekokó, has ido haciéndote a tu ritmo, sin prisas y con miedos». Aún no he cumplido la mitad de lo que mis objetivos me piden, no he logrado lo más importante, no sé si todo lo he hecho tan bien como suena escrito en una hoja, porque sobre la hoja, una se confiesa, pero hay muchos interrogantes que siempre quedan por resolver. Será a la siguiente, o tal vez al año siguiente que lo entenderé.

Agradezco entonces, seguir el dictado del ritmo que marcaban las circunstancias, porque, de otro modo, quizá podría haber sido mejor o peor. Pero sin duda no el mismo que ahora. Suena a logro, suena a victoria, pero no es así.

He conocido a gente con más bagaje que yo; he conocido historias estremecedoras, que me han hecho llorar, reír, enternecerme, gritar de rabia, colerizar y hasta sentir ternura por personas, pero por lo que son y no por lo que poseían. Lo material a veces es tan tangible, y otras tan inalcanzables que no ser de este mundo. Me hace volverme terrenal, con lo mío, con los que amo, y no necesariamente románticamente. Porque el amor, dijo un día: «¿Estás en edad de conocer a chicos?» Y yo elegí, de un modo u otro, a las malas y a golpes bajos que hay cosas más importantes antes, al fin y al cabo, los años nos muestran lo finito que puede ser leer libros, ¿Quién nos asegura que podremos leerlos todos? Pues lo mismo, quien nos asegura que encontrar a una persona, nos dará todo aquello que necesitamos: cada porción, cada detalle, cada apoyo, cada queja cada palabra malsonante, cada perdón irremediable que no dará más que el quiebre de un camino juntos.

Así veo la vida: encontrar esa información, estudiar, crear, soñar ¿qué importa cuán grande o pequeño sea? En realidad, no hay una edad especifica que diga que haya que conseguirlo todo, ni que haya que hacerse todo. No está escrito en tu ADN.

Fui la que se dejó llevar por un mundo en el que no la querían o la querían a medias, para encontrar un mundo entero, volviendo a nacer, empezando de nuevo, a contracorriente.

Tropezar es inevitable; cumplir años es ley de vida. Y con cada presentación, te llevas algo de esa persona, tanto buenas o como malas. No encuentro palabras exactas. Poco a poco voy entrando en esa madurez de lo que es el hambre y la rabia de querer seguir aquí, parte de este mundo (aunque habrá quien no lo vea así).

Puedo decir que todo lo que ha llegado, por insistencia y tozudería, no es por casualidad.

Agradezco ser pesada, tanto que no haya desistido, haber seguido con el poder de mis hermanos proporcionados en los momentos de flaqueza, lugar de remanso y de historias que no hacen más que reverberarse en mi mente como un sueño lúcido que en realidad no lo que es.

Soy entonces todo aquello que ha ido tejiéndose, como la mantilla de la abuela. Sin prisa, pero con calma. Solo que medrar es cosa de constancia, pavores y terrores. He tenido a la incertidumbre rondándome como la parca en mi vida. Sea muerte o sea vida. ¡Hágase lo que el destino en más de siete días! Porque los mundos que crecí en Guinea y los que viví en suelo Barcelonés, chocan, y se pueden volver contra una o moldearse sin dejarse ser.

Crees que lo sabes todo, pero, en cierto modo, de golpe llega algo que te descoloca. Y ese golpe es: ¿quién soy?, ¿estoy haciendo esto bien?, ¿cómo debería hacerlo?, ¿qué me aporta esto?

La miel de las abejas, tan valorada en algunas épocas y luego tan devaluada con esto de los medios de salud… Pues la miel, o, mejor dicho, la guinda del pastel no es otra cosa que no saber hacia dónde te guiará ese animalito. Que pica, que duele, que puede matarte, como un amor que acaba, o puede mostrarte miles de formas de crear.

Imagino que has visto un panel de abejas; así somos todos, toda la sociedad. Imagino también entonces: ¿por qué estamos tan fragmentados?, ¿nos hemos separado de nuestro seno?, ¿significa esto que no puedo ser una más del panel?

Todos tenemos una función dentro del panel, y encontrar la tuya es lo que te hará llegar hasta donde te permita entenderla. Por eso hay que escuchar, observar, pero también hacer.

Y, aun así, siempre habrá algo que lo vuelva una locura incomprensible, que lo hará difícil y tambaleante, como la losa mal colocada. Puedes resbalar, caerte, hacerte daño, pero sé, que, en lo bonito de los días, todos somos capaces de vislumbrar esa luz que nos brinda ese «algo».

Me enviaste un mensaje y sé que nunca lo olvidaré. Sé que cada uno ha sufrido a su manera: por lo que podría haber sido y, sobre todo, por lo nunca fue.

Nos matan.
Nos siguen matando.
Desde Estados Unidos, hasta Latinoamérica y Europa.
Con tu mano que todo quiere, ansías nuestros tesoros.
Con tu occidentalización, me llevo mi ropa, mi forma de hablar, mi manera de moverme, hasta de actuar.
La imitación es fruto de lo extranjero.
La lengua de la identidad y la pertenencia.
Nos quitaron nuestra patria.
Nos amaron, pero luchamos
en pos de maquinar nuestro mundo negro.
Te perdí toda emanada.
A estas alturas, qué otro te abrace.

Qué otro sepa darte aliento, Amor negro.
A veces, lo que fue.
Lo que nunca pudo ser. Nos amamos.
Y me basta recordar, no es malo,
no es bueno, solo es.
Sabiendo que no te volveré a ver: rabia,
incertidumbre e impotencia.
Por el amor.
Que mata y renace como si nada hubiera pasado.
¿Qué quieres de mí occidente?
Ya tienes nuestros campos, nuestros minerales.
¿Qué más puedo darte? Me quitaste mi amor, mi dignidad,
i poder…
Escribo con rabia. Escupo a lo negado, a lo borrado,
y ahora te pregunto ¿Qué hay de tu castellana?
¿Tienes lo que querías?
Latina te llamarán, como Juan Latino. Y ahora ¿qué?
¿Qué más quiere la vida de mí,
¿de ti?
Sé que estamos separados. El océano hace de nosotros.
Almas en horizontes distintos, tan cerca, pero tan lejos.
Sé que hice lo mejor.
Sé que lo hiciste lo mejor que pudiste.
Sanaremos, pero por separado.

Destroy
(en alma y cuerpo, siempre tuyo)

FIN

Agradecimientos y apuntes

Aunque creas que he insistido mucho en los trastornos alimentarios la verdad es que afecta a la población española en un 6,4 % en las mujeres de entre doce y veintiún años. Los TCA no solo afectan a la adolescencia, también afectan a la vida adulta y pueden aparecer en cualquier momento de la vida.

La novela comienza con un guiño a la vida africana, idealizada por muchos por el hecho de ser «sencilla», olvidando los privilegios y los cambios sociológicos y lingüísticos que causaron, sí, el colonialismo, y que hoy siguen ocupando los perfiles de las activistas afrodescendientes.

Ya no se trata solo de la pregunta más uno, que comentaba Lucía Asué Mbomio, ahora también parece que la gente que ha pasado toda su vida en España son los grandes olvidados.

Además, los datos sobre la españolidad en presencia de una edad media afrodescendiente, no me los he inventado, son fruto y trabajo arduo de Antumi Toasijé y la comunidad andaluza en *Memoria negra. Retratos de figuras de la historia de España*.

Aunque la historia es ficticia, porque yo soy afrodescendiente, mi madre y mi padre son guineanos. O sea, de África.

No quisiera irme sin dar las gracias a todas aquellas personas que creen en mí y me lo recuerdan todos los días. Durante esta travesía, he perdido un amor y la relación con gente que creía que eran amigos. Suelo ser bastante transparente con esto. Y por eso doy las gracias a Bárbara Fernández, quien siempre me ha ofrecido su apoyo desinteresado; a Paloma Loberi, quien me ayudó en un momento difícil de mi vida; a Goretty, que escucha mis peripecias sin queja alguna; y a Francesc Palanca, a quien le estaré eternamente agradecida por ayudarme a sobrellevar algunos temas íntimos con respecto a mi situación de este 2025.

He tenido que volver a mi soledad, a mis tardes en el cine sola, a recuperarme de una fuerte caída y de las salidas sola. Y no hay nada malo en ello. Ahora sé que uno elige cómo quiere estar.

Todas las ocurrencias y las situaciones que aparecen en la novela son ficticias, pero bien podrían pasar en la vida real, porque la situación con las personas negras no deja a nadie indiferente. Por eso, y porque necesitaba salir de mi zona de confort e inventar algo que llenara mi alma.

Ya sé, me he puesto con el corazón blandito, pero porque tal, como dije, la literatura me ha salvado de muchos feos, marrones y muchos grises. Gracias a todas esas personas que han llegado a mi vida. Y, sobre todo, a mi amor incondicional, quien me enseñó el valor de mi esfuerzo. A quien ya no está conmigo, pero recorremos el camino juntos desde la distancia.

Espero que él también se anime a escribir su propio proyecto literario.

Y espero, de todo corazón, que te haya gustado leer esta historia tanto como a mí me ha llevado a sufrir emociones que desconocía.

Si encuentras un ratito, reflexiona, pregúntate, investiga, fórmate y no dejes que los años te paren. No hay una edad establecida para estudiar, hacer algo diferente o apostar por tus sueños. Soy un loro, sí, repito y repito, pero la gente tiende a olvidar lo que lee o lo que escucha.

Así que, atrévete.

Además, hay personas que han servido como vía para compartir reflexiones, colaboraciones de las que aprender. Me asombra lo mucho que tengo que aprender, y no es malo.

Gracias a mi hermano, a mi madre, a mis primas, tanto las de Barcelona como las de Madrid.

Este libro es un sueño hecho realidad. Con cada libro aprendo algo nuevo de mí misma.

Sinceramente, gracias a todas las personas, en especial a ti, que le has dado una oportunidad a este librito.